El alcalde de Zalamea

Clásica
Teatro

CALDERÓN DE LA BARCA

EL ALCALDE DE ZALAMEA

Edición actualizada de
José María Ruano de la Haza

AUSTRAL

ESPASA

Obra editada en colaboración con Editorial Planeta – España

Pedro Calderón de la Barca

Diseño de la colección: Compañía
Diseño de la portada: Austral / Área Editorial Grupo Planeta

© 2018, Espasa Libros, S. L. U., Barcelona, España

Derechos reservados

© 2023, Editorial Planeta Mexicana, S.A. de C.V.
Bajo el sello editorial AUSTRAL M.R.
Avenida Presidente Masarik núm. 111,
Piso 2, Polanco V Sección, Miguel Hidalgo
C.P. 11560, Ciudad de México
www.planetadelibros.com.mx

Primera edición impresa en España en Austral: junio de 2018
ISBN: 978-84-670-5253-4

Primera edición impresa en México en Austral: septiembre de 2023
ISBN: 978-607-39-0455-1

Impreso en los talleres de Impresora Tauro, S.A. de C.V.
Av. Año de Juárez 343, Col. Granjas San Antonio,
Iztapalapa, C.P. 09070, Ciudad de México
Impreso y hecho en México / *Printed in Mexico*

Biografía

Calderón de la Barca (Madrid, 1600-1681) estudia con los jesuitas y completa su formación en las universidades de Alcalá de Henares y Salamanca. Participa en varias campañas militares al servicio del duque del Infantado. En 1651 se ordena sacerdote, reside en Toledo y más tarde en Madrid como capellán. Dedicado a la literatura, la poesía y el drama, es una de las figuras cumbre de la literatura universal, autor de éxito en el Siglo de Oro de las letras españolas y uno de los escritores favoritos de la corte, para quien escribe sus primeros títulos. *El alcalde de Zalamea*, *La vida es sueño*, *El médico de su honra*, *El gran teatro del mundo* y *La cena del rey Baltasar* son algunas de sus obras más destacadas.

ÍNDICE

EL ALCALDE DE ZALAMEA

INTRODUCCIÓN

Puesta en escena

No se conoce con certeza la fecha de composición de EL ALCALDE DE ZALAMEA. Según Shergold y Varey, una obra con ese título fue representada por la compañía de Antonio de Prado el 12 de mayo de 1636,[1] pero se trata probablemente del drama atribuido a Lope de Vega, fuente de EL ALCALDE DE ZALAMEA calderoniano.[2] La mayoría de los críticos opina que Calderón «refundió» la obra de Lope entre 1640 y 1644. Una fecha de composición después de 1644 parece improbable, ya que el fondo histórico del drama trata de la anexión de Portugal por Felipe II y ese tema hubiese sido considerado de mal gusto en 1644, cuando Portugal había conseguido *de facto* su independencia de la corona española.

Durante todo el siglo XVII y parte del XVIII Madrid contaba con dos teatros públicos que representaban comedias diariamente, excepto en algunas fiestas religiosas, épocas de

---

[1] N. D. Shergold y J. E. Varey, «Some Early Calderón Dates», *Bulletin of Hispanic Studies*, 38 (1961), págs. 275-76.

[2] Véase la edición crítica de las dos versiones de *El alcalde de Zalamea* (de Lope y de Calderón) de Juan M. Escudero Baztán (Madrid, Iberoamericana, 1998).

luto por la muerte de algún miembro de la familia real, y durante los cuarenta días de Cuaresma, que era tradicionalmente el período de descanso de los comediantes. Los dos teatros o «corrales», como eran llamados en los documentos de la época, estaban situados muy cerca el uno del otro. El Corral de la Cruz, construido en 1579, se encontraba en la calle del mismo nombre, casi colindante con la Plazuela del Ángel. El Corral del Príncipe, abierto al público en 1583, ocupaba el lugar en la plaza de Santa Ana donde hoy se levanta el Teatro Español.[3]

Los dos teatros eran estructuralmente muy parecidos. Consistían en un solar rectangular bordeado en tres de sus lados por viviendas. Para cerrar el solar se construyeron en el lado que daba a la calle unos edificios de dos y luego tres pisos que contenían tiendas, la contaduría y, en la parte interior, aposentos para el público, para los concejales de la villa de Madrid, y las cazuelas de las mujeres, que eran dos. La cazuela principal, un amplio palco con rehinchidero (una especie de balcón sobre el patio del teatro) y varias filas de gradas, se encontraba en el lado opuesto al del escenario y debajo de los aposentos de la villa de Madrid, el presidente del Consejo de Castilla y otros notables. Encima de estos aposentos, en el tercer piso, estaba la segunda cazuela, la cual se convertiría a comienzos del siglo XVIII en la tertulia de los religiosos. Los hombres veían el espectáculo de pie frente al escenario o sentados en bancos y taburetes situados en los laterales del tablado y sobre las gradas que se levantaban a ambos lados del patio. Detrás y encima de estas gradas se abrieron en las paredes de las casas colindantes algunas ventanas con rejas en el primer piso, y balcones en el segundo, desde donde funcionarios y fami-

---

[3] Véase J. M. Ruano de la Haza y John J. Allen, *Los teatros comerciales del siglo XVII* (Madrid, Castalia, 1994).

lias acomodadas podían ver la función con cierto aislamiento. En el tercer piso de estas casas, en los desvanes, se construyeron por medio de unas particiones de madera una serie de pequeños palcos, que eran utilizados por un público menos selecto. Se accedía a todos estos aposentos laterales a través de las casas contiguas al corral.

En el lado opuesto al de la calle se levantaba, a un metro y medio del suelo del patio, el tablado de la representación, y, detrás de él, adosado a la pared de medianería, estaba el *teatro*, estructura de madera de cuatro pisos y más de diez metros de altura equivalente al *skene* de los teatros griegos y romanos.[4] El nivel inferior del «teatro», correspondiente al tablado de la representación, estaba cubierto por cortinas y contenía el vestuario femenino, conocido también como el *espacio de las apariencias*, ya que podía ser utilizado durante la representación para mostrar al público decorados —tales como jardines, cuevas, dormitorios, salones de trono— y accesorios escénicos, como sillas y mesas. El vestuario de los hombres se encontraba en el foso, debajo del tablado. Encima del espacio de las apariencias, y ocupando todo el ancho del tablado, había dos corredores, o balcones corridos, uno encima del otro, en los cuales también podían «descubrirse» adornos escénicos, como la ventana donde aparecen Isabel e Inés en la primera jornada de EL ALCALDE DE ZALAMEA. En lo más alto, debajo de un tejado colgadizo estaba el desván de los tornos, donde se guardaban las vigas, garruchas, poleas y maromas que servían para mover la maquinaria teatral.[5]

---

[4] Para un ejemplo de un *skene*, véase el teatro romano de Mérida: <https://es.wikipedia.org/wiki/Teatro_romano_de_Mérida#/media/File:Merida_Roman_Theatre1.jpg>.

[5] Para una reconstrucción visual del escenario del Corral del Príncipe, realizada por Manuel Canseco, véanse las ilustraciones al final de mi libro

En un escenario como el que acabamos de describir, rodeado de público en tres de sus lados, los actores tenían necesariamente que hacer sus entradas y salidas por detrás de las cortinas al fondo del escenario. Igualmente, los decorados o adornos que se quisieran mostrar al público, y muchas obras requerían decorados muy elaborados, tenían que ser instalados detrás de las cortinas que cubrían los tres niveles del «teatro». Cuando el público veía en el espacio de las apariencias unas macetas, unas ramas o un lienzo pintado con flores y árboles, había de imaginarse que la acción que se desarrollaba sobre las tablas tenía lugar en un jardín. El diálogo de los personajes ayudaba a crear la ilusión de un espacio escénico determinado, ya que ellos, como hacen don Lope y Pedro Crespo en EL ALCALDE DE ZALAMEA, aludían a menudo a objetos que no podían mostrarse en el espacio de las apariencias. Crespo, en la segunda jornada, menciona parras, copas de árboles y una fuente, pero es casi seguro que ninguno de estos objetos estuviera representado en el espacio de las apariencias, a no ser que se mostraran pintados en un lienzo.

El efecto que se deseaba conseguir no era realista. Los decorados tenían un valor iconográfico, en el sentido de que establecían una relación analógica y convencional con los objetos o lugares que querían representar. También poseían una función «sinecdótica», en el sentido de que designaban un todo (un jardín) por una de sus partes (unas ramas o macetas).[6]

La puesta en escena de EL ALCALDE DE ZALAMEA no debió de dar muchos quebraderos de cabeza a la compañía que

---

La puesta en escena en los teatros comerciales del Siglo de Oro (Madrid, Castalia, 2000) y también <http://aix1.uottawa.ca/%7Ejmruano/Corral.html>.

[6] Para más información, remito al lector interesado a mi libro *La puesta en escena en los teatros comerciales del siglo XVII* (Madrid, Castalia, 2000).

la representó originalmente. Comparado con el de otras obras del mismo Calderón y de muchos de sus contemporáneos, su montaje es muy sencillo. La primera jornada requiere solamente una ventana; la segunda, unas sillas, una mesa y un banquillo; y la tercera, un «árbol» y una silla. Existe la posibilidad de que en la segunda jornada, durante la cena que Crespo ofrece a don Lope, hubiese un decorado de jardín en el espacio de las apariencias, pero como no es indispensable no podemos estar seguros de que se utilizara.

La ventana a la que se asoman Isabel e Inés en la primera jornada era desde los tiempos de Juan de la Cueva uno de los accesorios más populares y comunes en los escenarios españoles. Se utilizan una o más ventanas en, por ejemplo, *El castigo del penseque* y *Amar por razón de estado*, de Tirso de Molina; *La burladora burlada*, de Ricardo de Turia; *Pobre honrado*, de Guillén de Castro; y *Amar sin saber a quién*, de Lope de Vega. Probablemente se trataba de un simple bastidor con rejas colocado sobre la barandilla del primer corredor. El bastidor estaría oculto a los ojos del público por una cortina, la cual se abriría desde dentro momentos antes de que salieran las dos labradoras, y se cerraría, también desde dentro, cuando se fueran de escena.

Las sillas donde se sientan Crespo, don Lope e Isabel en la segunda jornada podrían haber sido traídas sin dificultad desde detrás de la cortina del espacio de las apariencias, mientras que la mesa la lleva el mismo Juan, como indica la correspondiente acotación (v. 1171). El problema de sacar estas sillas y esta mesa del escenario de una manera natural lo soluciona Calderón ingeniosamente haciendo que el indignado don Lope arroje la mesa al oír la serenata de los soldados y que Pedro Crespo lo imite tirando a su vez la silla. Mesa y silla caerían detrás de las cortinas del vestuario. Las otras sillas, donde se han sentado don Lope e Isabel, las sacaría Juan al final de esa misma escena. Pero antes de concluir la segunda jornada, Crespo pide a Inés que le traiga un asiento. Ésta sacaría un banquillo de detrás de la cortina del vestuario, el cual quedaría en escena hasta el final de la jornada, cuando un mozo de teatro lo entraría en el vestuario.

La tercera jornada requiere dos «descubrimientos»: Pedro Crespo atado a un árbol y el capitán, agarrotado, sentado en una silla. Ambos descubrimientos se efectuarían abriendo las cortinas del espacio de las apariencias. Los árboles se utilizaban con frecuencia en los escenarios del siglo XVII. En *La hermosura aborrecida*, de Lope de Vega, debe aparecer un olmo, y en *La mujer que manda en casa*, de Tirso de Molina, el profeta Elías apoya su cabeza sobre un enebro. Quizás se tratara de uno de los postes del «teatro», adornado con ramas. Para descubrir el «árbol» se correrían las cortinas lo suficiente para revelarlo a los ojos del público. El otro descubrimiento es también bastante convencional y no presentaría ninguna dificultad. El capitán, adecuadamente maquillado, sería «descubierto» en la tercera jornada detrás de la cortina del vestuario agarrotado sobre una silla.

ESTRUCTURA

Los dramaturgos del Siglo de Oro español dividían sus *comedias* (término genérico que designaba tanto tragedias como obras cómicas) en jornadas y en cuadros.[7] Al contrario de las ediciones tempranas de Shakespeare, en las que cada *scena*, similar a un cuadro, está claramente indicada, la división en

---

[7] Aunque este último término no fuera utilizado en el siglo XVII, es útil para distinguirlo de la *escena* moderna, que el *DRAE* define como «parte [...] en que se divide un acto y en que están presentes los mismos personajes».

cuadros (denominados «salidas» y «escenas» en documentos contemporáneos) nunca fue incorporada en las primeras ediciones impresas de comedias españolas. Pero su importancia para los dramaturgos auriseculares queda demostrada en los manuscritos que han sobrevivido. En sus autógrafos, tanto Lope de Vega como Calderón trazaban a menudo una línea horizontal para marcar el final de un cuadro y el comienzo de otro. Cuando más de tres dramaturgos colaboraban en la composición de una pieza, por ejemplo, *Algunas hazañas de las muchas de Don García Hurtado de Mendoza, marqués de Cañete* (Madrid, Diego Flamenco, 1622), se repartían entre sí no las jornadas, sino los cuadros de que estaba compuesta.[8]

Algunos comentaristas de la época consideraban la división en cuadros una parte fundamental de la estructura de una comedia. José Alcázar, por ejemplo, afirma en su «Ortografía castellana» que «el acto se dividía en escenas; la escena duraba mientras no salían todas las personas del teatro, o para acabar el acto, o empezar otra escena introduciendo otras»;[9] José Pellicer de Tovar, en su «Idea de la comedia de Castilla», de 1635, explica que «cada jornada debe constar de tres escenas, que vulgarmente dicen *salidas*; a cada escena le doy trescientos versos, que novecientos es suficiente círculo para cada jornada, supuesto que la brevedad en las comedias les añade bondad y donaire».[10] EL ALCALDE DE ZALAMEA de Calderón no se ajusta a esta división tripartita

---

[8] Véase mi artículo «Los espacios de Don Juan», *Hecho teatral*, 7 (2007), págs. 127-145 y, para una opinión diferente, léase, entre otros, Marc Vitse, «Polimetría y estructuras dramáticas de la comedia de corral del siglo XVII: el ejemplo de *El burlador de Sevilla*», *El escritor y la escena VI*, ed. Ysla Campbell (Ciudad Juárez, Universidad Autónoma, 1998), págs. 45-63.

[9] *Preceptiva dramática española*, ed. F. Sánchez Escribano y A. Porqueras Mayo (Madrid, Gredos, 1972), pág. 248.

[10] Ibíd., pág. 225.

(tres cuadros y tres jornadas), pero sí al número total de versos que recomienda Pellicer de Tovar. Cada una de sus dos primeras jornadas tiene 894 versos y la tercera, 980, para un total de 2.768 versos, un poco más de lo recomendado. En cuanto al número de cuadros, tiene solamente uno más de los que recomienda Pellicer, pero con una distribución diferente: 1-5-4 en lugar de 3-3-3. El hecho de que la primera jornada consista en un cuadro único puede, sin embargo, considerarse un alarde técnico. Según Victor Dixon, Alonso de Castillo Solórzano dijo de *Lealtad, amor y amistad*, de Sebastián Francisco de Medrano, que estaba «repartida por cosa de gran dificultad en tres actos, y cada uno solamente en una escena, que es lo que llaman no quedarse el tablado solo»; y el marqués de Villamayor se admiraba de que *El nombre de la tierra*, del mismo dramaturgo, se hubiese escrito «en tres actos, que cada uno es una escena, con la gala de no dejar el tablado solo».[11]

Un cuadro puede definirse como una acción escénica ininterrumpida que tiene lugar en un espacio y tiempo determinados. El final de un cuadro se indica generalmente con la acotación «*Vanse*» o «*Vanse todos*», que anuncia que el escenario debe quedar vacío durante unos segundos y advierte de que hay una interrupción temporal y/o espacial en el curso de la acción. El comienzo de un nuevo cuadro se señala, por el contrario, por la salida a escena de algunos personajes y, a menudo, en la práctica escénica, por el descorrimiento de una de las cortinas del vestuario o de los corredores para revelar un decorado. El final de un cuadro es también marcado generalmente por un cambio estrófico.

---

[11] Ambos son citados por Victor F. Dixon en su artículo «Manuel Vallejo. Un actor se prepara», *Actor y técnica de representación del teatro clásico español*, ed. J. M. Díez Borque (Londres, Tamesis, 1989), págs. 55-74.

Por su escasez de decorados, el número de cuadros de que se compone EL ALCALDE DE ZALAMEA no es tan fácil de determinar como el de otras piezas del siglo XVII. Casi toda la acción de la comedia, con la excepción quizá de la escena de la cena en el jardín de Pedro Crespo en la segunda jornada, se desarrolla ante las cortinas cerradas del fondo del escenario. Los cambios de lugar y tiempo son comunicados al público casi exclusivamente por las palabras de los actores y por el uso de los pocos objetos escénicos (mesa, sillas, banquillo) que se sacan al tablado de la representación. Pese a ello, podemos dividir tentativamente EL ALCALDE DE ZALAMEA en los siguientes cuadros.

Jornada primera: Esta jornada se desarrolla en tres lugares diferentes: la carretera que conduce a Zalamea, la calle donde se encuentra la casa de Pedro Crespo y el desván de la casa, donde se esconde Isabel. Excepcionalmente, sin embargo, como la acción dramática se mueve de manera ininterrumpida de un lugar a otro, y la escena no requiere decorado alguno con la excepción de la ventana de Isabel, esta primera jornada puede representarse como si tuviese solamente un cuadro. El único momento en que el escenario queda vacío es poco antes de que Rebolledo, seguido por el capitán, entre en el cuarto donde se esconde Isabel; pero esta interrupción sólo sirve para indicar el segundo cambio de lugar en la acción dramática y no señala ningún lapso temporal. El movimiento desde la carretera que lleva a Zalamea hasta la calle de Pedro Crespo sucede imperceptiblemente, sin que el escenario quede vacío un solo momento. Esta flexibilidad en el uso del espacio dramático es típica del teatro del siglo XVII y era posible gracias a la indiferencia que público y profesionales sentían hacia lo que luego se denominaría *teatro realista.*

Esta primera jornada tiene, pues, mucho de cinemática. Al comienzo de ella vemos a los soldados caminando hacia

Zalamea; uno de ellos anuncia que ve su campanario (v. 120); poco después, el capitán y el sargento ven entrar por el otro lado del escenario a don Mendo y a Nuño, con lo cual se indica que ya estamos frente a la casa de Crespo. La salida de Isabel e Inés a la ventana transforma el fondo del tablado en la fachada de la casa del labrador. La acción transcurre sin interrupciones hasta que el capitán y Rebolledo suben al cuarto de Isabel. Aquí hay un cambio de lugar, pero no hay lapso temporal, ya que el tiempo que tardan el capitán y Rebolledo en subir de la calle al cuarto de Isabel es precisamente el que ocupa el diálogo que sostienen Chispa, Crespo y Juan sobre el tablado. Para cuando estos tres personajes «Éntranse», Rebolledo ya ha tenido tiempo de llegar al piso alto y, efectivamente, en ese momento aparece en escena junto con las moradoras del cuarto, Isabel e Inés.

Como vemos, el único cuadro de esta jornada nos conduce de una manera lineal e ininterrumpida desde la carretera abierta al aire libre que conduce a Zalamea hasta el recóndito cuarto donde se esconde Isabel. Este movimiento que trae la discordia del exterior al interior de la casa de Crespo distingue a esta primera jornada de las otras dos.

Jornada segunda: La segunda jornada está dividida en cinco cuadros. El primero se desarrolla en un lugar indeterminado de Zalamea y termina con la salida de Chispa y Rebolledo de escena, dejando el tablado vacío. El segundo sucede en el jardín de Crespo, y puede que comenzara con la apertura de la cortina del foro para revelar un decorado de jardín. El tercer cuadro tiene lugar en la calle frente a la fachada de la casa de Crespo y se inicia con la entrada en escena del capitán, el sargento, algunos soldados, y Chispa y Rebolledo con guitarras. Entre el tercer y cuarto cuadro han transcurrido algunas horas. El tercero concluye de noche, después de la cena, y el cuarto tiene lugar al atardecer

del día siguiente. Este cuadro se desarrolla en un lugar indeterminado de Zalamea y, como el primero, concluye con la
salida de Chispa y Rebolledo después de un corto diálogo.
El quinto y último cuadro de esta jornada tiene lugar al anochecer, frente a la casa de Pedro Crespo; es decir, en el mismo lugar que el tercer cuadro.

Como ya vimos, la acción de la primera jornada era lineal e ininterrumpida, a pesar de los tres cambios de lugar.
La acción de la segunda se desarrolla, por el contrario, en
veinticuatro horas casi exactas, desde el anochecer de un día
(anunciado por don Mendo al comienzo del acto: «ya tiende /
la noche sus sombras negras», vv. 943-944) hasta la noche
del día siguiente (Isabel, refiriéndose a su hermano Juan,
dice: «Que de noche haya salido, / me pesa a mí», vv. 1664-
1665). La acción de esta segunda jornada dramatiza en contrapunto el conflicto entre los dos grupos de personajes en dos
movimientos. El primero, formado por los cuadros I-III, ocupa la primera noche. En los cuadros I y III observamos a los
antagonistas, los personajes que quieren destruir la paz de
Crespo y su familia: don Mendo, el capitán, el sargento, Chispa y Rebolledo. En el segundo cuadro asistimos a una escena de amistad, cortesía y devoción filial, que contrasta con
la desarmonía de la música y cantos de los comparsas del
capitán que se oyen fuera de escena. El segundo movimiento, formado por los cuadros IV-V, tiene lugar a la noche siguiente y, una vez más, presenta el contraste entre protagonistas y antagonistas. El cuadro IV pertenece a los segundos,
que están urdiendo el secuestro de Isabel; y en el quinto nos
encontramos de nuevo con una escena de armonía familiar
y de cortesía exquisita, interrumpida al final por el brutal
rapto de la hija de Crespo.

Tercera jornada: Dividida en cuatro cuadros, esta jornada comienza al amanecer del día siguiente y se desarrolla en

unas horas durante esa misma mañana. El primer cuadro tiene lugar en el monte donde ha sido violada Isabel y donde está atado Crespo a una encina, y concluye con su nombramiento como alcalde de Zalamea. El segundo se desarrolla en un lugar indeterminado de Zalamea y presenta a Crespo en sus funciones de juez, primero con el capitán y luego con Chispa y Rebolledo. El tercero ocurre en la casa de Crespo, quien ya está resuelto a ajusticiar al capitán, a pesar de las amenazas de don Lope de Figueroa; y el cuarto tiene lugar presumiblemente en el ayuntamiento de Zalamea, donde se encuentra la cárcel en que está encerrado el capitán. Como vemos, los cuatro cuadros de esta jornada siguen un movimiento espacial, de arriba abajo, diferente de los otros dos: del monte, símbolo del deshonor de Crespo, pasando por el interior de su casa, donde trata de defender su honor, a la plaza pública de Zalamea, donde adquiere un honor moral refrendado públicamente por Felipe II.

Cada jornada de EL ALCALDE DE ZALAMEA tiene, pues, un ritmo diferente, que está determinado por el número y la longitud de los cuadros que contiene. La primera se desarrolla de manera sosegada y solamente adquiere velocidad y urgencia hacia el final, cuando el capitán utiliza su subterfugio para ver a Isabel. La segunda alterna entre el interior y el exterior de la casa de Crespo, con un ritmo de película de suspense: de los depredadores a las víctimas y de vuelta a los primeros. La tercera marca la senda trágica que ha de caminar Crespo del deshonor social al honor moral por medio de la justicia natural. El primer cuadro de esta última jornada presenta a un Crespo deshonrado socialmente; el segundo y el tercero, a un Crespo que aplica la justicia a costa de su deshonra pública; y el cuarto, a un Crespo honrado moralmente por el representante de Dios en la tierra, el rey Felipe II.

Como ya estableció Premraj Halkhoree, la acción de EL ALCALDE DE ZALAMEA transcurre en cuatro días.[12] La primera jornada comienza en la tarde del primer día («DON MENDO: y pues que han dado las tres / cálzome palillo y guantes», vv. 235-236) y concluye con don Lope de Figueroa pidiendo una cama para dormir, lo que da la impresión de que ya es de noche. La segunda jornada se desarrolla, como ya vimos, en dos días, pero casi toda la acción que presenciamos en escena tiene lugar durante la noche (al comienzo de su primer cuadro, dice don Mendo: «Pues ya tiende / la noche sus sombras negras...», vv. 943-944; y al inicio del cuarto cuadro, el capitán ordena al sargento que «vaya marchando / antes que decline el día», vv. 1412-1413). La última jornada comienza al amanecer y termina unas horas después, al mediodía del cuarto día. Según Halkhoree, el efecto psicológico que Calderón crea en el espectador es que toda la obra se desarrolla en poco menos de veinticuatro horas, ya que la primera jornada comienza a las tres de la tarde de un día, la segunda tiene lugar durante dos noches y la tercera concluye al mediodía. Este movimiento duplica, según Halkhoree, el progreso moral de Crespo, desde el honor social, pasando por el deshonor (simbolizado por la oscuridad), hasta el honor moral que le confiere el rey Felipe II cuando el sol está en su cenit.

Felipe II heredó el reino de Portugal en 1580 después de las muertes de don Sebastián en la batalla de Alcazarquivir (agosto de 1578) y del cardenal-infante don Enrique (enero de 1580). La ocupación de Portugal comenzó a principios de junio de 1580 y concluyó con la entrada del rey a la capital portuguesa el 27 de julio de 1581. Calderón viola esta cronología dos veces, trasladando, en primer lugar, la acción

---

[12] Premraj Halkhoree, «The Four Days of *El alcalde de Zalamea*», *Romanistisches Jahrbuch*, 22 (1971), págs. 284-296.

del drama al mes de agosto (véanse vv. 426 y 1081) y, en segundo lugar, haciendo que el viaje del rey a Portugal coincida con la invasión.

Versificación

Aparte de los cuadros en que hemos dividido las tres jornadas de El alcalde de Zalamea, existe otro elemento estructurante de importancia fundamental para comprender la técnica teatral de los dramaturgos áureos: la polimetría. Un cambio estrófico suele indicar el comienzo de una nueva secuencia dramática, la entrada de algún personaje importante, una confrontación, una transición, un cambio de tono o expresión. En El alcalde de Zalamea, por ejemplo, la salida de don Mendo y su criado Nuño en la primera jornada se anuncia no sólo con las palabras del capitán y el sargento («—Mas ¿qué ruido es ése? —Un hombre / que de un flaco rocinante...»), sino con una variación métrica: las rítmicas redondillas con que se inicia la jornada se transforman repentinamente en un acompasado romance (vv. 213 y siguientes). Esto no quiere decir, sin embargo, que cada secuencia dramática vaya siempre acompañada de un cambio estrófico. Como vemos a continuación, el mismo metro puede ser, y era, utilizado para presentar en escena una variedad de situaciones.

JORNADA I (tarde-noche del primer día)
CUADRO ÚNICO (Camino a Zalamea → exterior de la casa de Crespo → interior de la casa de Crespo)
1) *redondillas* (vv. 1-212). a) Los soldados se acercan a Zalamea; b) presentación de Rebolledo y Chispa; c) presentación del capitán y el sargento.

II) *romance* a-e (vv. 213-556). a) Presentación de Mendo y Nuño; b) Isabel e Inés a la ventana; c) presentación de Juan y Crespo.

III) *silvas* (vv. 557-680). El capitán, el sargento y Rebolledo planean ver a Isabel.

IV) *romance* -ó (vv. 681-894). a) Rebolledo se refugia en el aposento de Isabel; b) el capitán, Crespo, Juan, don Lope, soldados en el desván; c) primera confrontación entre Crespo y don Lope.

JORNADA II (noche del segundo día y noche del tercer día)

CUADRO I (lugar indeterminado de Zalamea)

I)   *romance* e-a (vv. 895-1075). a) Mendo y Nuño rondan la casa de Isabel; b) el capitán declara su pasión por Isabel y planea una serenata con el sargento y Rebolledo.

CUADRO II (jardín de la casa de Crespo)

I)   *romance* e-a (vv. 1076-1284). Cena de Crespo y don Lope al aire libre. Juan, Isabel e Inés les sirven.

CUADRO III (exterior de la casa de Crespo)

I)   *redondillas* (vv. 1285-1396). La serenata.

CUADRO IV (lugar indeterminado de Zalamea)

I)   *quintillas* (vv. 1397-1506). a) Don Mendo y Nuño, herido; b) el capitán planea el secuestro de Isabel.

CUADRO V (exterior de la casa de Crespo)

I)   *romance* i-o (vv. 1507-1788). a) Don Lope y Juan se despiden de Crespo; b) secuestro de Isabel.

JORNADA III (mañana del cuarto día)

CUADRO I (monte cercano a Zalamea)

I)   *romance* i-a (vv. 1789-2136). a) Soliloquio de Isabel; b) Isabel encuentra a su padre atado y relata su violación; c) Crespo es nombrado alcalde.

CUADRO II (lugar indeterminado de Zalamea)

I) *redondillas* (vv. 2137-2192). Crespo arresta al capitán.

II) *romance* e-o (vv. 2193-2306). Crespo ruega al capitán que se case con su hija.

III) *redondillas* (vv. 2307-2422). Crespo encarcela al capitán y Rebolledo acepta actuar como testigo de cargo.

CUADRO III (casa de Crespo)

I) *redondillas* (vv. 2423-2626). Crespo defiende a Isabel contra Juan y se niega a entregar el capitán a don Lope.

CUADRO IV (cárcel de Zalamea)

I) *romance* a (vv. 2627-2768). a) Don Lope y soldados tratan de liberar al capitán; b) llegada del rey y final.

Porcentajes:

romances	1834 vv.	66,26 %
redondillas	700 vv.	25,29 %
silvas	124 vv.	4,48 %
quintillas	110 vv.	3,97 %

Como vemos, los romances, combinaciones métricas de octosílabos en que riman en asonancia sólo los versos pares, predominan en EL ALCALDE DE ZALAMEA. Ésta es una de las razones por las que el texto de este drama suena tan natural al oído moderno. Es de notar también que cada jornada termina en romance, norma del teatro calderoniano; y que los romances van asociados, aunque no siempre, con la presencia de Crespo en escena. Por el contrario, las redondillas, versos de rima ágil y alegre, las utiliza Calderón, junto con las silvas y las quintillas, para el diálogo picaresco de los soldados en el camino, la serenata a Isabel y el arresto del capitán. Si los romances están generalmente asociados con Crespo y los campesinos, los versos de rima consonante se utilizan de manera predominante para las escenas en que intervienen el capitán y los soldados.

Ocho de los diez cuadros de EL ALCALDE DE ZALAMEA utilizan una sola estrofa. La excepción son el cuadro único de la primera jornada, que emplea cinco metros diferentes, y el segundo cuadro de la tercera jornada, que utiliza tres.

Son pocas las conclusiones que se pueden extraer del uso de la métrica, no sólo en EL ALCALDE DE ZALAMEA, sino en el teatro calderoniano en general. Como hemos notado, una nueva estrofa anuncia a menudo la entrada de un personaje importante, o un cambio de tono, como sucede con la súplica de Crespo (v. 2193). El propósito aparente de otros cambios, en ésta pero no necesariamente en otras comedias de Calderón, parece ser llamar la atención hacia el hecho de que hay un cambio de lugar en la acción del drama o para iniciar un nuevo cuadro.

Así pues, aunque es relativamente fácil de percibir la lógica que dicta la división en jornadas y cuadros, la asignación de una estrofa a una determinada secuencia dramática es algo que todavía no comprendemos bien. Si exceptuamos el uso (inconsistente) de algunos romances (buenos para relaciones, según Lope de Vega), sonetos (para los que aguardan), tercetos y otros versos de arte mayor (para cosas graves), y décimas (para las quejas), la serie de reglas (si es que existen) que gobierna el uso de la polimetría está aún por establecer.

EL PERSONAJE DE PEDRO CRESPO

Trece son las «personas que hablan», por utilizar la terminología de la época, en EL ALCALDE DE ZALAMEA; trece personajes, divididos en dos grupos perfectamente diferenciados: los que residen en Zalamea —Crespo, Juan, Isabel, Inés, don Mendo, Nuño, el escribano— y los que van de paso por Zalamea: el capitán, el sargento, Chispa, Rebolledo, don Lope de Figueroa y Felipe II. A ellos hay que añadir los «comparsas», labradores y soldados, que también se agrupan de manera idéntica. El conflicto dramático surge cuando estos dos grupos, que por su naturaleza —errante la una, estable la otra— generalmente viven aparte, entran en contacto durante los cuatro días en que se desarrolla la acción dramática. La caracterización de los personajes está, pues, hasta cierto punto condicionada por esta división social y por la necesidad de presentar el conflicto que provoca. De ahí la tendencia natural, tanto por parte del actor como del lector, de crear en primer lugar estereotipos, es decir, esbozos de personajes fácilmente reconocibles:[13] Crespo es un labriego rico y honrado; el capitán, un militar altivo; Isabel, una villana bella y virtuosa; don Lope, un general jurador y malhumorado,[14] etc. Pero la complejidad del personaje, si existe, la encontraremos no en los elementos caracterizadores que lo acerquen al estereotipo y a las expectativas del público, sino en aquellos que lo distingan de ese estereotipo.

Como alcalde de pueblo, Crespo poseía en el siglo XVII claros antecedentes literarios y folclóricos, conocidos tanto por Calderón como por su público. El alcalde del *Pedro de Urdemalas* de Cervantes se llama Crespo y se ajusta al estereotipo del alcalde de pueblo fatuo, ignorante y ridículo: «Perdónemelo Dios lo que ahora digo, / y no me sea tomado

---

[13] Patrice Pavis, *Diccionario del teatro* (Barcelona, Paidós, 1984) pág. 50.

[14] Véase, para el personaje de don Lope, *Amar después de la muerte*, de Calderón; *El ataque de Mastrique*, de Lope de Vega; *El defensor del peñón*, de Juan Bautista Diamante, y *El águila del agua*, de Vélez de Guevara.

por soberbia: / tan *tiestamente* pienso hacer justicia, / como si fuese un *sonador* romano» (vv. 293-296).[15] Los comentarios que otros personajes hacen sobre el alcalde de Calderón, antes de que aparezca en escena, podrían hacernos pensar que no difiere mucho del alcalde cervantino. El sargento, por ejemplo, informa al capitán de que se va a alojar:

> En la casa de un villano
> que el hombre más rico es
> del lugar, de quien después
> he oído que es el más vano
> hombre del mundo, y que tiene
> más pompa y más presunción
> que un infante de León. (vv. 165-171)

Aunque estas palabras son dichas por un personaje que no nos merecerá mucho respeto, ahora, al oírlas por primera vez, el espectador no tiene por qué dudar de su veracidad. Poco después el sargento se convertirá en el alcahuete del capitán, y esto desvirtuará su opinión. Pero la mayoría de los espectadores contemporáneos, que conocían bien al personaje tradicional del villano malicioso y astuto de ese mismo nombre, no tenían por qué poner en tela de juicio esta primera declaración del sargento. Su opinión, además, es corroborada por don Mendo y Nuño en la escena que sigue a continuación. Los comentarios despectivos de Mendo no tendrían mucho efecto sobre el público, ya que aparece desde el comienzo como análogo de dos personajes cómicos conocidísimos en la época: don Quijote y el hidalgo empobrecido del tercer tratado del *Lazarillo de Tormes*. Pero Nuño es diferente. Éste, como buen gracioso de la comedia,

---

[15] Miguel de Cervantes, *Teatro completo*, ed. Florencio Sevilla Arroyo y Antonio Rey Hazas (Barcelona, Planeta, 1987).

habla con el sentido común del espectador medio de los corrales; sus opiniones debían de ser compartidas por el público en general. Y él da a entender que la ambición de Pedro
Crespo es hacer nobles a sus nietos. Al sugerirle a don Mendo que pida la mano de Isabel a Crespo, Nuño explica que
ésta sería la mejor solución:

> Pues con esto tú y su padre
> remediaréis de una vez
> entrambas necesidades;
> tú comerás, y él hará
> hidalgos sus nietos. (vv. 320-324)

Antes, pues, de la entrada de Crespo en escena, el espectador ya se ha formado una impresión desfavorable del protagonista de este drama calderoniano: basado en un personaje tradicional, astuto y malicioso, las únicas opiniones que
ha oído sobre él lo presentan como vanidoso, orgulloso y deseoso de convertir a sus nietos en hidalgos. Tan pronto entra
Crespo en escena, don Mendo, para remachar la opinión que
el público tiene ya formada sobre él, le llama «villano malicioso» (v. 409).

Los tres personajes han hecho hincapié en la misma característica de Crespo: su orgullo. Y las primeras palabras
que el protagonista calderoniano pronuncia en escena confirman esa opinión: su menosprecio de don Mendo (a quien
llama «hidalgote», v. 405), su arrogancia («Él ha dado en por-
fiar, / y alguna vez he de darle / de manera que le duela»,
vv. 419-421), sugieren que es un villano vanidoso, con un
exagerado sentido del honor, una especie de Gaseno de *El
burlador de Sevilla*, de Tirso de Molina. Pronto, sin embargo, el espectador se ve obligado a cambiar de parecer. El orgullo de Crespo no conlleva el deseo de querer convertirse en

noble, como implicaban las palabras tanto del sargento como de Nuño. Habiendo visto a los trabajadores separar en las eras el grano de la paja, Crespo explica a su hijo Juan:

> Allí el bielgo, hiriendo a soplos
> el viento en ellos süave,
> deja en esta parte el grano
> y la paja [en] la otra parte;
> que aun allí lo más humilde
> da el lugar a lo más grave. (vv. 432-437)

Evidentemente, Crespo cree en la separación social. En el libro de la naturaleza aprende lo que es ley universal: hay reyes y vasallos, nobles y villanos, y cada uno ha de contentarse con el papel que le ha asignado la providencia divina. Pero esto no quiere decir que una clase social sea inmanentemente inferior a la otra. Para que este imperfecto mundo pueda funcionar, «lo humilde» ha de estar al servicio de «lo grave»; pero, en lo esencial, todas las almas son iguales, pues, como declarará más tarde, «el honor / es patrimonio del alma, / y el alma sólo es de Dios» (vv. 873-876). Crespo formula aquí una filosofía de la vida a la que permanecerá constante durante toda la obra, y que se asemeja a la de ese otro villano rico, el protagonista epónimo de *Peribáñez y el Comendador de Ocaña*, de Lope de Vega. Crespo es orgulloso, pero no porque se crea superior a los nobles; él está orgulloso de su dignidad como ser humano, refrendada por la opinión popular. Poco después dirá a su hijo:

> Dos cosas no has de hacer nunca:
> no ofrecer lo que no sabes
> que has de cumplir, ni jugar
> más de lo que está delante;

porque, si por accidente
falta, tu opinión no falte. (vv. 453-458)

Nada hay de reprensible en esta actitud, que implica que
la opinión popular es un barómetro que ayuda a caminar sin
torcerse por la senda de lo que es socialmente aceptable. Por
esta razón, cuando su hijo Juan expresa sorpresa de que,
pudiendo librarse de alojar al capitán en su casa comprando
una ejecutoria de nobleza, se niegue a hacerlo, Crespo le
responde con el símil del calvo y la peluca:

Es calvo un hombre mil años,
y al cabo dellos se hace
una cabellera. Éste,
en opiniones vulgares,
¿deja de ser calvo? No.
Pues ¿qué dicen al mirarle?:
«¡Bien puesta la cabellera
trae Fulano!». Pues ¿qué hace
si, aunque no le vean la calva,
todos que la tiene saben? (vv. 503-512)

Al parecer, el labriego cree que la peluca, o «cabellera»,
como él la llama, posee una única utilidad: ayudarle a aparentar lo que no es. Su hijo Juan, por el contrario, ve las apli-
caciones prácticas tanto de la cabellera como de la ejecutoria de nobleza: aquélla le protegerá de las molestias «del
sol, del hielo y del aire» (v. 516); ésta, de las de los soldados. La respuesta de Juan expone lo absurdo de la posición de
Crespo. La opinión popular es una buena guía, pero no debe
convertirse en una ley despótica que domine por completo
su vida. Pero Crespo, como buen villano testarudo, se niega
a admitir la razón de Juan, y replica simplemente: «Yo no
quiero honor postizo» (v. 517), a lo que añade a continua-

ción: «Villanos fueron / mis abuelos y mis padres; / sean villanos mis hijos» (vv. 519-521). La ironía trágica es que esta preocupación de Crespo de no querer aparentar ser más de lo que es traerá a su casa al hombre que le arruinará socialmente. Por no querer tener «honor postizo», Crespo acabará por perder el honor social que tanto estima.

El orgullo de Crespo está, pues, basado, en primer lugar, en su condición de villano; es decir, de labrador, de la estirpe de los que trabajan la tierra y producen fruto con el sudor de su frente, en contraste con los holgazanes de la corte y los mercaderes de estirpe judía. Un popular grabado alemán del siglo XVI que representa el árbol de la sociedad muestra a los campesinos como sus raíces y, más importante todavía, como su copa.[16]

En segundo lugar, Crespo se siente orgulloso de pertenecer a la casta de cristianos viejos:

> Por la gracia de Dios, Juan,
> eres de linaje limpio,
> más que el sol, pero villano; (vv. 1581-1583)

Y en tercer lugar, su orgullo se asienta en *su* opinión; es decir, no solamente en lo que el resto de la sociedad piensa de él, sino en su propia conciencia de saber que obra rectamente. Cuando Crespo aconseja a su hijo que no apueste en el juego más de lo que tiene, le dice que esto es importante para que, «si por accidente / falta, *tu* opinión no falte» (vv. 457-458; la cursiva es mía). Aunque esta palabra, *opinión*, se entiende generalmente, según la definición de *Diccionario de Autoridades*, en el sentido de «la fama o con-

---

[16] Henry Kamen, *European Society: 1500-1700* (Londres, Routledge, 1984), pág. 147.

cepto que se forma de alguno» —es decir, el concepto que
forman los demás—, no es casual en este caso el uso del
posesivo. De hecho, Crespo utiliza consistentemente la voz
opinión acompañada del posesivo:

> satisfacer *mi* opinión
> ha de ser desta manera. (vv. 2497-2498; la cursiva es mía)

> Él se me entró en *mi* opinión,
> sin ser jurisdicción suya. (vv. 2589-2590; la cursiva es mía)

Incluso en su momento de mayor humillación, cuando
ruega al capitán que se case con su hija, Crespo recuerda,
con un uso muy especial del reflexivo, que «Siempre acá entre mis iguales / *me* he tratado con respeto» (vv. 2213-2214,
la cursiva es mía). Ese «tratarse con respeto», esa *opinión* que
depende no sólo de los demás sino de lo que piensa él de sí
mismo, apuntan hacia un concepto de dignidad personal, de
integridad y honestidad, que lo alejan del estereotipo teatral
del alcalde vanidoso y simple.

Pero ¿era el tipo de orgullo que exhibe Crespo objeto de
censura o de aplauso por parte de los espectadores contemporáneos? Evidentemente, en nuestros democráticos tiempos
no podemos menos de alabarlo. Para nosotros, Crespo aparece como un hombre íntegro, consciente de sus derechos,
que no se deja avasallar por un militar noble. Fresca en nuestra memoria colectiva la aplicación de la fuerza militar en
los últimos doscientos años, la valentía de Pedro Crespo no
puede menos de admirarnos. Pero ¿y en su época? Por una
parte, parece que el público compartía nuestra opinión.
EL ALCALDE DE ZALAMEA es una de las comedias más edi-
tadas y representadas tanto en el siglo XVII como en el XVIII.
El título con el que generalmente se la conocía, *El garrote*

más bien dado, que es el de la edición príncipe, sugiere que lo que atraía al público era el hecho de que un militar noble, engreído y criminal, recibiera al final su merecido castigo, no sólo por la brutal violación de una mujer, sino también por su altanería; de ahí que se haga hincapié en la humillación que suponía ser agarrotado. Y, sin embargo, la acción dramática nos puede llevar también a la conclusión de que el orgullo de Crespo no es solamente dignidad, afirmación del inalienable derecho de todo individuo a ser tratado con respeto, a no ser sometido por la fuerza bruta, ni aplastado por la bota militar, sino que también contiene una considerable dosis de vanidad y arrogancia, tal como afirmaron al comienzo del drama Nuño y el sargento.

La ambigüedad o dualidad del orgullo de Crespo se manifiesta en la justamente famosa confrontación que sostiene al final de la primera jornada con don Lope de Figueroa. No hemos de olvidar que el duelo verbal en esta escena tiene lugar entre uno de los mayores generales de Felipe II y un mero campesino, quien jactanciosamente afirma:

> A quien se atreviera
> a un átomo de mi honor,
> por vida también del cielo,
> que también le ahorcara yo. (vv. 865-868)

¿Quién, se podría preguntar el público de la época, es Pedro Crespo para ahorcar a nadie, y mucho menos a un don Álvaro de Ataide, capitán del ejército de su majestad, por atreverse a un átomo de su honor? Cuando, en respuesta a esta osada amenaza, don Lope le recuerda precisamente su posición social —«¿Sabéis que estáis obligado / a sufrir, por ser quien sois, / estas cargas?» (vv. 869-871)—, Crespo contesta:

> Con mi hacienda,
> pero con mi fama, no;
> al rey, la hacienda y la vida
> se ha de dar; pero el honor
> es patrimonio del alma,
> y el alma sólo es de Dios. (vv. 871-876)

Estas dos afirmaciones de Crespo son, de hecho, contradictorias, pues aluden a conceptos opuestos del honor. La primera (vv. 865-868) implica un concepto del honor, basado en la opinión, que se pierde por una afrenta personal y se recobra por medio de la venganza; la segunda (vv. 871-876) supone que el honor es un sentimiento interno, basado en la dignidad personal, que no se puede perder a causa de las acciones de otro y que excluye la posibilidad de una venganza personal. La contradicción inherente en las afirmaciones de Crespo en una de las escenas cumbres de la obra no puede pasarse por alto. Pero, en lugar de constituir una barrera, puede y debe convertirse en una oportunidad para mostrar la complejidad de su carácter. Crespo enuncia esa hermosa definición del honor como patrimonio del alma casi sin darse cuenta de lo que dice. En cierto sentido, el responsable de que la declare es don Lope de Figueroa. Crespo está llevando las de perder en la discusión que sostiene con el general, pues don Lope tiene razón al recordar a Crespo que, «por ser quien sois», es decir, un villano, de lo cual se había mostrado Crespo tan orgulloso momentos antes (vv. 519-521), él no puede aspirar ni a la venganza personal ni judicial tratándose de un superior social como es el capitán. Al no poder hallar contestación adecuada, especialmente delante de su hijo, a quien poco antes había dicho que no necesitaba protegerse de los militares comprando una ejecutoria de nobleza, Crespo se siente atrapado; pero orgulloso y tozudo como es, tampoco puede permitir que otro tenga la última palabra. En este dramático contexto, cuya palpable tensión ha de sentir el espectador, lanza Crespo su famosa definición del honor como patrimonio del alma; definición que, tal como muestran sus acciones y sus mismas palabras, él no utiliza ni utilizará después como norma de conducta. Pues si el honor fuera de verdad patrimonio del alma, entonces Crespo debería perdonar al capitán, aceptar las calamidades de este mundo con estoicismo cristiano y, desde luego, renunciar a ese concepto del honor villano, basado en nociones raciales y de opinión social, del que tan orgulloso se siente. Pero una característica esencial del confuso mundo humano que Calderón presenta en sus dramas es precisamente que la verdad se encuentra en la mentira, la imprudencia en la prudencia, la verdad en la ficción y que el hombre, ser limitado en fin, no se conoce a sí mismo.

Una segunda característica asociada en el mundo del teatro del Siglo de Oro, no ya con los alcaldes de pueblo, sino con el estereotipo de los villanos en general, es la malicia, en el sentido que le da Sebastián de Covarrubias a esta palabra: «el que echa todas las cosas a la peor parte»; es decir, la propensión a pensar lo peor. Don Mendo, por ejemplo, opina que Crespo es «villano malicioso» (v. 409), y que, naturalmente, sospechará lo peor al verle rondar a su hija. Cuando don Álvaro de Ataide se entera de que Crespo ha escondido a Isabel, comenta:

> ¿Qué villano no ha sido malicioso?
> De mí digo que si hoy aquí la viera,
> caso della no hiciera;
> y sólo porque el viejo la ha guardado,
> deseo, vive Dios, de entrar me ha dado
> donde está. (vv. 588-593)

El acto de ocultar a su hija, acción que algunos críticos ven como muestra de la «prudencia» de Crespo,[17] es considerado malicioso por el capitán. ¿Quién tiene razón? Como sucede a menudo en el teatro de Calderón, ambos la tienen. Todo depende del punto de vista, de la perspectiva adoptada. Sin duda, Crespo desea prudentemente evitar a su hija las posibles consecuencias de ser vista por los soldados. Como dice la misma Isabel, «Sé que el estarme / aquí es estar solamente / a escuchar mil necedades» (vv. 542-544). Pero al pensar de manera maliciosa que es inevitable que don Álvaro de Ataide vaya a cortejar o molestar a su hija, Crespo ocasiona precisamente lo que teme, ya que despierta la curiosidad del capitán. ¿Quiere esto decir que, de forma paradójica, Crespo se comporta imprudentemente al actuar con prudencia; que si no hubiese sido malicioso no hubiese ocurrido lo que se maliciaba? De no haber ocultado a Isabel, ¿se hubiese evitado la tragedia? Es imposible contestar a estas preguntas. Lo que sí es cierto es que las dos acciones de Crespo —su negativa a comprar una ejecutoria de nobleza y su preocupación por la seguridad de su hija— conducen al rapto, violación y deshonra de Isabel y su familia, que es precisamente lo que el orgulloso villano trataba de evitar. He aquí, pues, una nueva contradicción en la posible caracterización del personaje que no sólo le humanizará ante el público, sino que aumentará su complejidad. ¿Deberá el actor que lo represente hacer hincapié en su malicia o en su discreción? Si se subraya la primera, su pérdida del honor y su sufrimiento al contemplar el dolor de su hija pa-

---

[17] Véanse, por ejemplo, P. Halkhoree, *Calderón de la Barca: El alcalde de Zalamea* (Londres, Grant & Cutler, 1972), pág. 34; y Melveena McKendrick, «Pedro Crespo: soul of discretion», *Bulletin of Hispanic Studies*, 57 (1980), págs. 103-112.

recerán hasta cierto punto merecidos; si, por el contrario, se
acentúa la segunda, tendremos un caso de ironía trágica. El
actor podrá elegir entre las dos, pero probablemente sea una
combinación de ambas lo que confiera mayor profundidad al
personaje.

Si *La vida es sueño* es, entre otras muchas cosas, una obra
que trata de la relación entre padres e hijos, desde el punto
de vista de los últimos —Segismundo y Rosaura buscan a
sus respectivos padres, Basilio y Clotaldo, para obligarles
a reconocer su paternidad—,[18] EL ALCALDE DE ZALAMEA
puede ser considerada, hasta cierto punto, un drama sobre
las relaciones entre padres e hijos, pero tomando esta vez la
perspectiva del padre.[19] Tanto Basilio como Clotaldo ante-
ponen sus respectivos deberes como rey y consejero real a
sus deberes de padre; Pedro Crespo, por el contrario, es ante
todo un padre y sólo de forma secundaria un alcalde. Desde la primera escena aparece, efectivamente, en su papel de
padre, primero expresando inquietud por su hija, que está
siendo cortejada por don Mendo, y luego por su hijo, el cual
teme que pueda dejarse llevar por impulsos juveniles. Este
elemento caracterizador en el personaje de Crespo da lugar,
como es de esperar, a momentos de gran humanidad y ter-
nura. Sus consejos a Juan en la primera jornada (vv. 453-
458); su valentía en la segunda, al luchar espada en mano con

---

[18] Véase la «Introducción» a mi edición, publicada en Madrid por Editorial Castalia en 1994 (2.ª ed., 2000; 3.ª ed., 2012).

[19] Victor Dixon ha avanzado la sugerente hipótesis de que *El alcalde de
Zalamea* calderoniano quizá se representara en 1636: «*El alcalde de Zalamea, "la Nueua"*: date and composition», *Bulletin of Hispanic Studies* (Glas-
gow), 77 (2000), págs. 173-181. Si tiene razón, entonces Calderón la habría
escrito casi al mismo tiempo que la segunda versión de *La vida es sueño,*
publicada ese mismo año. Véase Germán Vega García-Luengos, Don W.
Cruickshank y J. M. Ruano de la Haza, *La segunda versión de «La vida es
sueño», de Calderón* (Liverpool, Liverpool University Press, 2000).

los soldados y el capitán (vv. 1339-1340); su tierna despedida
del hijo que se va al ejército (vv. 1581-1639), que puede com-
pararse con la despedida de Polonio a Laertes en el *Hamlet*
de Shakespeare; la atención y dulzura que muestra con Isabel después de la brutal violación («Ea, vamos, hija, / a nuestra casa», vv. 2096-2097) y, particularmente, su humillación
—doblemente dura para un hombre tan orgulloso como él—
ante el capitán, cuando le pide que se case con su hija en la
tercera jornada (vv. 2199-2305), todo ello ha de conmover
por fuerza al espectador. Sin embargo, incluso la solicitud
paternal de Crespo está teñida de cierta ambigüedad, pues
no podemos menos de preguntarnos si su decisión de vengarse del capitán la toma por el bien de su hija o por orgullo
propio. Notemos que cuando trata de convencer a don Álvaro de que se case con su hija, Crespo habla de «buscar remedio a *mi* afrenta» (v. 2261), de que el remedio que propone
«a *mí* me está bien» (v. 2265), del honor «que *me* quitasteis
vos mesmo» (vv. 2298), y de «*mi* honor [que] a voces os
pido» (v. 2327; todas las cursivas de las citas anteriores son
mías). Curiosamente, no menciona ni una sola vez la afrenta o el dolor de su hija, ni el remedio que más le conviene a
ésta. Isabel, por el contrario, no sólo se preocupa de su honor, sino también del de su padre:

> otro bien, otra alegría
> no tuvo sino mirarse
> en la clara luna limpia
> de mi honor, que hoy, ¡desdichado!,
> tan torpe mancha le eclipsa. (vv. 1832-1836)

Las palabras de don Lope de Figueroa al final de la obra,
después de que Felipe II haya nombrado a Crespo alcalde
perpetuo, también adquieren una importancia fundamental

en este respecto: «¿No fuera mejor hablarme, / dando el preso, y remediar / el honor de vuestra hija?» (vv. 2741-2743). Notemos cómo, en contraste con Crespo, don Lope habla del honor de Isabel, no del de su padre. Sus palabras implican, además, que el general se hubiese encargado de obligar al capitán a casarse con Isabel o de castigarlo sumariamente (como recuerda Felipe II a Crespo, «¿El consejo no supiera / la sentencia ejecutar?», vv. 2703-2704). Efectivamente, ése hubiese sido un camino a seguir que hubiese redundado en beneficio de todos, pues ni Crespo se hubiese manchado las manos de sangre, ni quizás Isabel hubiese tenido que terminar en un convento. ¿Por qué no lo sigue Crespo? Creo que es inevitable concluir que, si no lo hace, es en parte por orgullo y por malicia. Su orgullo exige ahora una satisfacción que conlleva una venganza personal disfrazada de castigo judicial, sin parar mientes en lo que verdaderamente conviene a su hija, a su familia y a su misma aldea. Su malicia le hace desconfiar de la justicia militar, pese a que la avala don Lope de Figueroa, a quien respeta, y el mismo Felipe II. No es fácil explicar de otra manera su apresuramiento a la hora de ejecutar ilegalmente al capitán. Su suspicacia sobre la justicia del reino es uno de los elementos caracterizadores más importantes del personaje de Crespo.

Como han señalado numerosos críticos, en EL ALCALDE DE ZALAMEA entran en conflicto diversos y contradictorios conceptos de justicia. A primera vista, parece ser que la ejecución del capitán, ese «garrote más bien dado» del título alternativo del drama, representa el triunfo de la justicia. Pero ¿de cuál? Desde luego, no de la justicia militar, pues como los personajes nobles de la obra —don Lope, el rey, el capitán— recuerdan a Crespo, castigar a un militar noble no entra dentro de la jurisdicción de un alcalde de pueblo (cfr. vv. 2683-2686). Tampoco está de acuerdo con el concep-

to de la justicia divina, implícito en la definición del honor
como patrimonio del alma, pues, en un contexto cristiano, la
venganza personal está prohibida, ya que es un atributo di-
vino: «Mía es la venganza y la retribución» (Dt. 32, 35).
Tampoco sigue Crespo las leyes tradicionales de la justicia
popular, la cual, según se hace explícito en el drama, exigía
la inmediata inmolación de la mujer violada. Esto es precisamente lo que teme Isabel y lo que busca su hermano,
Juan. Isabel indica a Crespo el camino a seguir:

> solicita
> con mi muerte tu alabanza,
> para que de ti se diga
> que, por dar vida a tu honor,
> diste la muerte a tu hija. (vv. 2064-2067)

Es lo que Juan pretende hacer tan pronto como la encuentra: «Vengar así / la ocasión en que hoy has puesto / mi
vida y mi honor» (vv. 2446-2448). Notemos el uso del posesivo en las palabras de Juan: de tal palo, tal astilla.

La tercera jornada de EL ALCALDE DE ZALAMEA ha sido
interpretada por la crítica moderna como la dramatización de
la transformación de Pedro Crespo de un hombre que cree en
el honor como opinión social en uno que actúa de acuerdo
con la definición que él mismo da del honor como «patrimonio del alma» (v. 875). Parte de la razón de esta transformación se encuentra en el hecho de que Crespo no es un
hombre de honor al estilo de don Gutierre en *El médico de
su honra*. Ambos, don Gutierre y Crespo, han de elegir entre
el honor social y el amor. Don Gutierre ama a su esposa
tanto como Crespo a su hija, pero, al contrario de este último, aquél sacrifica a su esposa inocente en aras del dios del
honor. Crespo no puede hacer esto. Su amor por su hija tras-

ciende todo concepto del honor social. Aunque deseoso de vengarse del hombre que la ha violado, él no puede ajusticiar, tal como exigen las leyes del honor y como hace don Gutierre con su esposa, a la hija que ha causado su deshonra. Para Crespo existe una ley más importante que la del honor: la ley natural. Y esta última no puede tolerar la ejecución de una mujer inocente.

Hemos de tener en cuenta que, al actuar de esta manera, Crespo se comporta de manera excepcional, en contra de lo que el público y los otros personajes esperan de él. Tanto es así que Isabel duda al principio de sus motivaciones: «o mucha cordura, o mucha / cautela es ésta» (vv. 2085-2086). ¿Por qué no actúa Crespo de acuerdo con las normas de justicia de ese mundo rural al que pertenece? Podría pensarse que su insólita conducta se debe a ese concepto del honor como patrimonio del alma que enunció a finales de la primera jornada, pero sus propias palabras nos hacen rechazar tal motivación. Cuando, poco después del encuentro con su hija, el escribano le dice que acaba de ser nombrado alcalde, Crespo, en un importante aparte, declara que su intención es vengarse del capitán:

> ¡Cuando vengarme imagina,
> me hace dueño de mi honor
> la vara de la justicia!
> ¿Cómo podré delinquir
> yo, si en esta hora misma,
> me ponen a mí por juez
> para que otros no delincan? (vv. 2116-2122)

En estas palabras de Crespo, dichas significativamente en un aparte —no está tratando de influir o engañar a nadie, sino que está diciendo efectivamente lo que piensa—, se en-

cuentra, en mi opinión, la clave de todo lo que sucede a continuación. Pero, en primer lugar, muestran de forma clarivi-
dente que si Crespo no mata a su hija en ese momento, no
es por ninguna noción elevada del honor. Su intención es
vengarse —el sujeto de «imagina» en el primer verso citado es el «mi honor» (nuevamente acompañado del posesivo)
del segundo verso—, lo cual tiene poco de cristiano. La diferencia es que él piensa vengarse del capitán, cosa que le
está prohibida por las leyes del reino, en lugar de vengarse
de su hija, que es lo que sus convecinos y sus propios hijos
esperan de él. La razón es fácil de comprender: su hija es
una víctima inocente; el capitán es culpable. Por encima de
las leyes del reino y de las bárbaras costumbres de la sociedad rural, se encuentra el concepto de la ley natural,[20] que
dice razonablemente que el criminal debe ser castigado y la
víctima, desagraviada. Pero para llevar a cabo el castigo del
capitán, Crespo no cree que pueda acudir a la justicia ordinaria, de la cual desconfía; entonces sólo le queda un recurso: la venganza.

Sin embargo, en ese preciso momento es elegido alcalde
y Crespo se encuentra en un terrible dilema. Por un lado,
desea vengarse del capitán, que es lo que le pide su concepto de justicia natural y le demanda su propio orgullo; pero,
por otro, considera un deber ineluctable en su nueva posición
administrar la justicia de acuerdo con las leyes del reino.

_____

[20] Hasta cierto punto, este concepto de justicia natural está de acuerdo
con la ley divina, según santo Tomás, quien la define como «la participación
de la ley eterna en las criaturas racionales» (*Summa Theologiae*, 1a2ae, 91.2).
Según B. F. Brown, santo Tomás considera la ley natural «como la huella del
plan providencial de Dios en la naturaleza racional del hombre» (*New Catho-
lic Encyclopedia*, 10, Nueva York, McGraw-Hill, 1966, pág. 251). Citado por
Manuel Delgado, «Sindéresis, ley natural y sentido moral en *La vida es sueño*», *Ayer y hoy de Calderón*, ed. José María Ruano de la Haza y Jesús Pérez
Magallón (Madrid, Castalia, 2002), pág. 111.

¿Qué hacer? La solución que adopta es aplicar un «castigo sin venganza», parecido al del duque de Ferrara en la tragedia de Lope de Vega.[21] Ambos personajes se encuentran en parecidas circunstancias, en un mismo conflicto de intereses, pues son jueces que han de emitir una sentencia sobre un crimen que afecta a su propio honor. Y ambos recurren para solucionar ese conflicto a un subterfugio. La gran diferencia es que mientras que el duque de Ferrara trata de ocultar (sin éxito) su deshonor castigando a los culpables, no por el crimen que han cometido (adulterio), sino por uno que no han cometido (traición), Crespo publica su deshonor y logra así castigar al culpable por el crimen que realmente ha cometido. La magnitud de esta resolución queda puesta de manifiesto cuando ordena a su hija:

> Isabel, entra a firmar
> esta querella que has dado
> contra aquel que te ha injuriado. (vv. 2487-2489)

La firma implica la vergüenza pública y absoluta de toda la familia. Aquí no hay vuelta atrás. Isabel, horrorizada, expresa la sorpresa que tanto los otros personajes como el público de la época experimentarían al oír la orden de Crespo:

> ¿Tú, que quisiste ocultar
> nuestra ofensa, eres agora
> quien más trata publicalla?

---

[21] Si Victor Dixon tiene razón sobre la fecha de representación de *El alcalde de Zalamea* (véase más arriba), entonces es probable que Calderón la escribiera poco después de la publicación de *El castigo sin venganza* en la «suelta» de Pedro de Lacavallería (Barcelona, 1634). El autógrafo está fechado a 1 de agosto de 1631, pero como Lope confiesa en el «Prólogo» al lector de la suelta, «esta tragedia se hizo en la corte solo un día por causas que a vuestra merced le importan poco».

Pues no consigues vengalla,
consigue el callarla ahora. (vv. 2490-2494)

Las palabras de Isabel reafirman nuestra conclusión de
que la intención original de Crespo era vengarse en secreto del capitán, aunque ella sólo aluda a «ocultar la ofensa» y no a vengarla, que es lo que sabemos que pensaba
hacer Crespo. Es lo que hubiese procurado hacer cualquier
villano o noble (recordemos el título del drama calderoniano *A secreto agravio, secreta venganza*) en las mismas circunstancias.

Juan expresa parecida incomprensión a la de su hermana
cuando Crespo ordena que lo encarcelen por haber herido al
capitán:

Nadie entender solicita
tu fin, pues, sin honra ya,
prendes a quien te la da,
guardando a quien te la quita. (vv. 2483-2486)

Las consecuencias de la decisión de Crespo son doloro-
samente aparentes para sus hijos: supone sacrificar la «opinión» que tanto estima, su dignidad social, su orgullo de
villano y cristiano viejo; implica no poder salir más con la
cabeza alta, sepultar a su hija a un convento, mandar a su hijo
al ejército y continuar viviendo solo en un pueblo pequeño
donde todos conocen y conocerán para siempre su deshonra, conservada ahora por escrito, legalizada, parte ya de la
maquinaria burocrática del Estado, para la posteridad; significa, pues, el sacrificio de las características que, como vimos al principio, configuraban su carácter. Pero su suicidio
como ser social marca también la culminación de su desarro-
llo como personaje dramático.

¿Por qué actúa Crespo de esta manera tan incomprensible? Ya hemos apuntado varias posibles motivaciones: orgullo personal, deseo de venganza, alto concepto de la dignidad de su posición de juez, amor a sus hijos, adhesión al concepto de ley natural, tozudez de villano. Todas ellas explican, y no son suficientes para hacerlo, la sublime y, al mismo tiempo, estúpida e incomprensible acción de Crespo. De ahí, el profundo misterio del personaje, su complejidad e individualidad. Al tratar de explicarlo se nos escapa, ocultando de nosotros, como lo esconde de sus propios hijos, una parte de su personalidad, que es la que finalmente ha de justificar esa decisión final.

Lo que no se nos oculta es el impacto que tal decisión tiene en la personalidad dramática del labrador calderoniano, pues a partir de este momento notamos un nuevo elemento caracterizador: su desengaño de la vida y de la sociedad en que le ha tocado vivir, el cual se manifiesta teatralmente en la amargura, ironía y socarronería que destilan sus palabras en la última escena del drama, y que de manera tan magnífica logró encapsular Jesús Puente en esa última y larga mirada que lanzó al público al final del montaje dirigido en 1988 por José Luis Alonso.[22]

En esa memorable representación, el gran director decidió sacar al actor que hacía el papel de Felipe II en andas y situarlo en el primer término del tablado de espaldas al público. No hubiese sido posible hacerlo así en un tablado del siglo XVII, rodeado como estaba por espectadores en tres de sus lados; pero sí en un tablado moderno, lo que fue, en mi opinión, una decisión acertadísima. Pues, en efecto, el pú-

---

[22] Véase Purificació Mascarell, «José Luis Alonso y *El alcalde de Zalamea* (1988): realismo y claridad interpretativa para un clásico en escena», *Janus*, 5 (2016), págs. 65-87.

blico no debe ver cómo reacciona el rey prudente frente a la
socarronería, la amargura, el humor negro de su leal vasallo,
el cual le miente descaradamente y casi casi podemos concluir que se burla de él. Detengámonos un momento en esta
escena cumbre del drama.

Cuando el rey pregunta a Crespo que por qué se niega
a entregar el capitán a don Lope, el alcalde villano responde
que su crimen fue «una doncella robar, / forzarla en un des-
poblado, / y no quererse casar / con ella» (vv. 2658-2661).
Como vemos, el crimen, según Crespo, no es solamente robar y forzar a Isabel, sino la negativa del capitán a remediar
ese daño casándose con ella. Si el capitán hubiese aceptado
la reparación que le proponía Crespo, entonces no habría castigo, y, por tanto, tampoco delito. Cuando don Lope advierte
al rey de que el juez que ha ordenado la prisión del capitán
es también padre de la joven violada, Crespo responde:

> No importa en tal
> caso, porque si un extraño
> se viniera a querellar,
> ¿no habría de hacer justicia?
> Sí; pues ¿qué más se me da
> hacer por mi hija lo mismo
> que hiciera por los demás?
> Fuera de que, como he preso
> un hijo mío, es verdad
> que no escuchara a mi hija,
> pues era la sangre igual. (vv. 2664-2674)

Evidentemente, Crespo está ahora mintiendo al rey. El público sabe que no ha apresado a su hijo por ese concepto de
la justicia —asociado con don Lope de Figueroa (cfr. vv. 56-
58), de cuya justicia Crespo, irónicamente, no se fía— que
no para mientes en la identidad del acusado, sino para impe-

dir que los soldados o el capitán pudieran vengarse de él: «Aquesto es asegurar / su vida» (vv. 2468-2469), declara en un aparte. En este momento, los espectadores podrían también recordar las enigmáticas y, en vista de lo que sucede después, irónicas palabras que dirige a su hija después de su nombramiento como alcalde: «Hija, / ya tenéis el padre alcalde; / él os guardará justicia» (vv. 2134-2136).

A continuación, el rey le recuerda que, aun cuando el proceso esté bien «sustanciado», Crespo no posee la «autoridad / de ejecutar la sentencia / que toca a otro tribunal» (vv. 2684-2686), a lo cual contesta el labrador mostrándole, en lo que debe convertirse en un espectacular y súbito descubrimiento, la apariencia del capitán «*dado garrote*» (v. 2699).[23] Cuando el indignado monarca le pregunta a continuación que cómo se atrevió a dar una muerte tan indigna (recordemos que recibía el nombre de *garrote vil*) a uno de sus nobles, Crespo responde aduciendo tres especiosos argumentos:

> Toda la justicia vuestra
> es sólo un cuerpo no más;
> si éste tiene muchas manos,
> decid, ¿qué más se me da
> matar con aquésta un hombre
> que estotra había de matar? (vv. 2705-2710)
>
> [...]
> Señor, como los hidalgos
> viven tan bien por acá,
> el verdugo que tenemos
> no ha aprendido a degollar.

---

[23] Para éste y parecidos efectos teatrales, véase mi libro *La puesta en escena en los teatros comerciales del Siglo de Oro* (Madrid, Castalia, 2000).

> Y ésa es querella del muerto,
> que toca a su autoridad,
> y hasta que él mismo se queje,
> no les toca a los demás. (vv. 2717-2724)

Es el momento culminante del drama y la clave del desa-
rrollo emocional de Crespo. Este hombre que declara en la
primera jornada que «al rey, la hacienda y la vida / se ha de
dar» (vv. 873-874), ahora se burla de la justicia que representa ese rey. Pero su burla es amarga, fruto del desengaño, del
dolor, del sentimiento de pérdida, no sólo de su honor, de sus
hijos (la una va a la iglesia, el otro, al ejército: los dos pila-
res del poder estatal), de su dignidad personal, de su orgullo, sino de todo el sistema de valores que le había susten-
tado hasta entonces. Así, supongo yo, lo entenderían José
Luis Alonso y Jesús Puente en 1988, pues en esa última mirada del gran actor, solo en el tablado, en el absoluto silencio que reinaba en la sala del teatro de la Comedia madrileño, yo, como espectador, percibí claramente ese mensaje de
desencanto.

¿Implica este ambiguo final que Pedro Crespo es el villano malicioso, orgulloso y testarudo del que hablan otros
personajes o que es ese hombre que se transforma, por medio de su descubrimiento de que el honor es patrimonio del
alma, en una especie de mártir del honor social? La compleja personalidad del protagonista calderoniano hace que el
lector fluctúe entre estas dos interpretaciones de su carácter y motivaciones. Y la razón es que las motivaciones de
los seres humanos no son reducibles a meros marbetes. La
complejidad de Crespo reside precisamente en el hecho de
que puede ser visto, desde diferentes perspectivas, de maneras muy diversas, incluso, a veces, mutuamente conflictivas.
Encontramos este juego perspectivístico en un contemporá-

neo, y probablemente conocido de Calderón, el pintor de la corte, Velázquez. Sus dioses poseen a la vez características humanas y divinas; sus figuras están y, a la vez, no están en el cuadro, como cuando aparecen en un espejo (*Las meninas*) o en un tapiz (*Las hilanderas*). Este juego barroco entre realidad y ficción, sueño y verdad, es el que Calderón aplica en el teatro a la caracterización de sus grandes personajes. Quizás sea ésta la razón por la que tanto críticos como actores han negado durante mucho tiempo que nuestro dramaturgo crease auténticos personajes. Domingo Ynduráin, por ejemplo, escribe: «Supongo que no digo nada nuevo si recuerdo que los personajes de la comedia clásica española son tipos definidos de antemano, no son personas individuales, no son caracteres específicos y únicos, sino abstracciones de lo que se supone, no que es, sino que debe ser un hombre o un individuo concreto».[24] Espero haber demostrado que, al menos en el caso de Pedro Crespo, nada hay más lejos de la realidad. El problema, creo yo, es que algunos de sus personajes son tan complejos que no se dejan ver con facilidad. Para intuirlos, necesitamos la ayuda de un gran actor que, sin romper el principio de verosimilitud dramática ni la consistencia en la caracterización, nos sorprenda con sus acciones y palabras, dejándonos percibir un denso y oscuro entramado de conflictivas motivaciones. El personaje de Crespo permite mostrar toda una gama de emociones que van desde el desprecio, la malicia y la altanería a la bondad, la sublimidad y la dignidad. El papel contiene todo ello y mucho más y difícilmente se hará justicia a la creación calderoniana si el actor, o el crítico, toca sólo uno de

---

[24] «Personaje y abstracción», *El personaje dramático. VII Jornadas de Teatro Clásico Español* (Almagro, 1983), ed. Luciano García Lorenzo (Madrid, Taurus, 1985), pág. 28.

los muchos y variados registros que de manera potencial posee este personaje.

OTROS PERSONAJES

La mayoría de los otros personajes de EL ALCALDE DE ZALAMEA existen en función de Pedro Crespo, lo cual no quiere decir que no posean cierto grado de autonomía e individualidad propia. Pero su función principal es iluminar, a veces por medio del contraste, aspectos del complicado y enigmático carácter del protagonista. Existen para hacer posible que este personaje, casi monolítico al comienzo de la obra, se transforme en un ser mítico, contradictorio, multidimensional, cuya casa, según la tradición local, todavía se conserva en Zalamea de la Serena.

Juan

Juan posee tan alto sentido del honor social como su padre, pero no parece compartir su opinión de que el campesino, por ley natural, tenga que ocupar una posición inferior a la de los nobles. Cuando el capitán le pregunta «¿Qué opinión tiene un villano?», Juan contesta inmediatamente: «Aquella misma que vos» (vv. 767-768). El texto de la obra no deja lugar a dudas de que Juan, al contrario de Crespo, no está contento con la posición que le corresponde en esta vida: él quiere dejar de ser campesino y convertirse en soldado. Al ver llegar al capitán a su casa en la primera jornada, dice en un aparte: «¡Qué galán y alentado! / Envidia tengo al traje de soldado» (vv. 565-566). Y en la segunda jornada, al oír la serenata de los soldados, comenta que la vida militar «es linda vida», y cuando don Lope de Figueroa le pregunta «¿Fuérades con gusto a ella?», contesta inmediatamente que sí (vv. 1221-1223).

Malicioso y orgulloso como Crespo, a Juan le falta, sin embargo, la prudencia y el disimulo de su padre. Tan pronto como sospecha las verdaderas intenciones del capitán con respecto a su hermana, Juan, sin esperar más, le echa en cara su grosería. Crespo le ha de regañar diciéndole: «¿Quién os mete en eso a vos, / rapaz? ¿Qué disgusto ha habido?» (vv. 746-747). El impetuoso Juan ha olvidado una de las reglas fundamentales del honor social: el disimulo y el silencio.

Al presenciar la deshonra de su hermana, Juan actúa en la tercera jornada como auténtico hombre de honor: lucha valientemente con el capitán, a quien hiere, y cuando encuentra a Isabel, sin detenerse a averiguar si es culpable o inocente, trata de matarla para «Vengar así / la ocasión en que hoy has puesto / mi vida y mi honor» (vv. 2446-2448). Y cuando su padre ordena que le encierren por su propio bien, comenta amargamente:

> Nadie entender solicita
> tu fin, pues, sin honra ya,
> prendes a quien te la da,
> guardando a quien te la quita. (vv. 2483-2486)

Obediente y respetuoso hacia su padre, cariñoso con su hermana, Juan, sin embargo, es un representante de la honra campesina en su manifestación más brutal.

Isabel

En la primera jornada de EL ALCALDE DE ZALAMEA, Isabel aparece solamente dos veces, y en ambas ocasiones la vemos rechazando las insinuaciones amorosas de un pretendiente: don Mendo en la primera y el capitán en la segunda. ¿Hay alguna diferencia en su conducta en estas dos ocasiones? En la primera, Isabel despide a don Mendo con cajas destempladas (vv. 389-393). No deja duda de que le desprecia, y de que le disgusta su impertinente cortejo. El caso del capitán es diferente. Las primeras palabras que dirige a don Álvaro son para proteger a Rebolledo (vv. 691-698), lo cual parece a primera vista un acto de caridad. Pero el público de la época podría haber pensado que ella no tenía por qué inmiscuirse en asuntos de disciplina militar, ni por qué abogar por una persona que no conocía. Isabel se toma demasiado en serio su papel de dama protectora del desvalido, y a pesar de que su padre declara que ella «es labradora [...] / que no dama» (vv. 734-735), lo cierto es que en su conversación con el capitán se comporta como una dama de comedia y no como una zafia campesina. Ella es consciente de ello (v. 696) y de que ha hecho mal en interceder por Rebolledo (v. 724). El contraste entre el discurso de Isabel y su posición social debe ser evidente al público, y por ello se insiste cuatro veces en el texto de la primera jornada en que Isabel es, y debe salir vestida de, labradora. El vestuario teatral servía principalmente para comunicar la condición social del personaje. El público, pues, vería a una labradora dirigiéndose a don Álvaro, un noble, con estas palabras:

> Caballero, si cortés
> ponéis en obligación
> nuestras vidas, no zozobre

> tan presto la intercesión.
> Que dejéis este soldado
> os suplico; pero no
> que cobréis de mí la deuda
> a que agradecida estoy. (vv. 707-714)

Cortesía, obligación, intercesión, deuda, agradecimiento: todas éstas son palabras propias del tradicional discurso petrarquesco del amor cortés, ritualizado en la comedia clásica española. El mismo capitán lo reconoce al sorprenderse de la rara perfección del entendimiento de Isabel (vv. 716-717). La escena es breve pero importante para la construcción del personaje de la hija de Crespo, ya que atenta contra el principio del decoro aristotélico y renacentista, e incluso contra la máxima del mismo Lope de Vega en su *Arte nuevo de hacer comedias*: «Guárdese [el poeta] de imposibles, porque es máxima / que sólo ha de imitar lo verisímil» (vv. 284-285). Y no es verosímil para un público de la época que una labradora hable como una dama de la corte.

El texto de Calderón nos permite construir una Isabel que, inicialmente, no está atraída tanto por la persona del capitán como por su rango social. El lenguaje cortesano de obligaciones y deberes, propio de las damas de la comedia, no lo ha podido aprender en el pueblo, ni en su casa, ni en la iglesia, sino en el teatro. Es un discurso literario y artificial. Hija, al fin y al cabo, del orgulloso Crespo, Isabel puede construirse al comienzo del drama como una joven que se cree superior a sus vecinos y capaz de participar en estos juegos cortesanos del amor y del azar.

En la segunda jornada Isabel aparece otra vez como la hija obediente de Crespo y también como una anfitriona cortés y atenta al ofrecerse a servir la cena a don Lope (vv. 1208-1209). Al oír la serenata de los soldados, muestra enojo, pre-

guntándose en un aparte: «¿Qué culpa tengo yo, cielos, / para
estar a esto sujeta?» (vv. 1251-1252). La pregunta es curio-
sa para un lector o espectador moderno, quien no puede pensar que hasta ese momento Isabel haya hecho nada para in-
citar al capitán, pero para un público del siglo XVII, con una
mentalidad muy diferente, especialmente en lo que concer-
nía a las mujeres, la pregunta podría indicar que si Isabel no
había pecado por comisión al menos lo había hecho por omisión, no comportándose en su escena con el capitán con la
modestia y recato que correspondía a su rango y posición
social.

Al final de la segunda jornada Isabel reaparece para despedir primero a don Lope y luego a su hermano Juan. Poco
después es secuestrada por el capitán. Y, a partir de este momento, su carácter cambia radicalmente. De los primeros
280 versos de esta jornada, ella recita 262. Su primer soliloquio está cargado de emoción y, a pesar del tono legalista y
algo artificial con que explica su dilema («Si a mi casa determinan / volver mis erradas plantas, / será dar nueva mancilla / a un anciano padre mío / [...] Si dejo, por su respeto /
y mi temor afligida, / de volver a casa, dejo / abierto el paso
a que diga / que fui cómplice en mi infamia», vv. 1828-1841),
este dilema es tan real y el resto del discurso suena tan verdadero que no podrá menos de conmover a un público de
cualquier época. Lo mismo sucede con el largo discurso que
dirige a su padre, el cual, según indica el texto, debía ir acompañado por gestos altamente dramáticos: «Entiende tú las
acciones, / pues no hay voces que lo digan» (vv. 1985-1986).
Fluctuando entre el miedo a su padre y la vergüenza de sí
misma (¿se culpa ella por su error?),[25] Isabel duda sobre lo

---

[25] Para comprender bien por qué Isabel teme, e incluso supone, que su
padre le dará la muerte por haber sido violada («me darán muerte tus iras»,

que debe hacer, dónde debe ir, y pide la muerte. La labradora adquiere aquí una estatura trágica, además de exponer, especialmente para un público moderno, la injusticia del estatus de la mujer, al menos tal como es presentada en el teatro: sin culpa es culpable; sin delinquir es condenada a prisión perpetua en un convento. Después de este discurso, Isabel se ha ganado la simpatía y la compasión del público. Si alguna sospecha existía antes sobre su conducta, ésta queda ahora anulada, pues su error (si es que se trata de un error) recibe un castigo desproporcionado. La tragedia depende precisamente de la asimetría entre el error cometido y las consecuencias sufridas. La verdadera tragedia surge del desequilibrio entre causa y efecto, delito y castigo, responsabilidad y sufrimiento. Y esto es tan verdad en el caso de Isabel como en el de su padre, Pedro Crespo.

Después de su gran intervención, Isabel casi desaparece de escena, excepto por un breve encuentro con su hermano cuando éste intenta matarla. Al final, como sabemos, ingresa en un convento, donde se supone que acabará su vida.

El capitán

Según Ángel García, don Álvaro de Ataide era el nombre del hijo menor de Vasco de Gama, célebre por su libertina-

---

v. 1888), hay que tener en cuenta que en la sociedad española medieval, como en muchas otras sociedades, las mujeres se consideraban propiedad del páter familias. Por tanto, en casos de violación sexual, la víctima no era solamente la hija, sino el padre, cuya propiedad había sido violada o devaluada. Y el padre se sentía deshonrado y humillado por el mismo motivo, es decir, por haber sido incapaz de proteger su propiedad. La base de esta creencia se encuentra en el Antiguo Testamento: Deuteronomio, 22, 28-29.

je.[26] Su característica fundamental es su orgullo de noble y su concomitante desprecio hacia los villanos. Aun antes de conocer a Crespo y a su hija Isabel, ya manifiesta la opinión que le merecen estos campesinos. Cuando el sargento le dice que Crespo tiene más presunción que un infante de León, el capitán replica en tono sarcástico: «¡Bien a un villano conviene, / rico, aquesa vanidad!» (vv. 172-173). Su reacción al saber que Crespo tiene una hija hermosa es «¿será más que una villana / con malas manos y pies?» (vv. 183-184). Y cuando Juan declara estar dispuesto a perder la vida por la opinión, le pregunta sorprendido: «¿Qué opinión tiene un villano?» (v. 767). Las palabras corteses que dedica a Juan y a Isabel en la primera jornada deben, por tanto, tomarse con el proverbial grano de sal. El actor que represente este papel deberá mostrar que la cortesía del capitán hacia Juan y sus requiebros a Isabel son puro formulismo. La esencia de su personalidad es su orgullo, que ya exhibe en gran medida durante su confrontación con Crespo y Juan al final de la primera jornada.

En la segunda jornada el capitán continúa dando muestras de su incomprensión hacia los villanos cuando, refiriéndose a Isabel, exclama asombrado: «¡Que en una villana haya / tan hidalga resistencia [...]!» (vv. 955-956). El amor de que habla el capitán no es verdadero amor, sino simplemente deseo de posesión sexual. Las imágenes de guerra y destrucción que utiliza al describir su pasión amorosa muestran con exactitud los efectos que tendría la satisfacción de esta pasión (vv. 1007-1010).

A pesar de su orgullo de militar, el capitán miente en dos ocasiones a su general, don Lope de Figueroa. Miente en la

---

[26] Ángel M. García, «El alcalde de Zalamea: Álvaro de Ataide y el capitán de Malaca», en *Iberoromania*, 14 (1981), págs. 42-59.

primera jornada al explicar a don Lope la razón por la que
se encuentra en el desván donde se esconde Isabel (vv. 796-
806), y echa la culpa a Rebolledo, sin parar mientes en que
el castigo incluye dos tratos de cuerda. Le vuelve a mentir
en la segunda jornada, cuando ha de explicar lo que estaba
haciendo en la calle con los soldados (vv. 1369-1374). Pero
él, al igual que el don Juan Tenorio de *El burlador de Sevilla*,
no cree que sea deshonroso mentir en cuestiones de amor.

Tradicionalmente, don Álvaro ha sido representado en los
escenarios españoles por actores jóvenes y apuestos. El capitán es malvado, arrogante y despectivo, pero también gua-
po, valiente y enamorado, una especie de don Juan Tenorio
que seduce a las mujeres tanto por su gallardía como por su
osadía. Pero, si consideramos las diferencias que existen entre don Álvaro y un galán típico del teatro del siglo XVII, nos
será posible construir un carácter más complejo y dramáticamente más interesante. Nuestro punto de entrada sería la
consideración de que, aunque don Álvaro utiliza el discurso
petrarquesco de un típico galán de comedia, él es esencial-
mente un violador. El don Juan de Tirso de Molina seduce
y engaña, pero no fuerza a las mujeres. Los dos capitanes
de la comedia-fuente en que se basó Calderón, *El alcalde de
Zalamea*, atribuida a Lope de Vega, seducen, abandonan y
vejan a sus víctimas, las hijas de Pedro Crespo, pero no las
violan ni las raptan; ellas los siguen voluntariamente.[27] Don
Álvaro diverge de sus congéneres en un aspecto fundamental: usa la fuerza para poseer a Isabel. Hoy sabemos que los
violadores no buscan el placer sexual, sino más bien llevar
a cabo un acto de dominio y sometimiento; su estímulo no
es sexual, sino mental, producto de un trastorno de la perso-

---

[27] Véase Juan M. Escudero Baztán, *El alcalde de Zalamea. Edición crítica de las dos versiones* (Madrid, Iberoamericana, 1998).

nalidad. Haciendo hincapié en este aspecto, el personaje del
capitán podría ser construido como un hombre débil y cobarde, que compensa su falta de hombría con altivez y actos
de crueldad hacia otros.

Hay lugares en el texto de Calderón que confirman la
cobardía de don Álvaro. Cuando Juan le recrimina por haber
allanado el cuarto de su hermana con una excusa innoble,

> Bien, señor
> capitán, pudierais ver
> con más segura atención
> lo que mi padre desea
> hoy serviros, para no
> haberle hecho este disgusto. (vv. 740-745)

el capitán no le contesta, no se atreve; se amilana ante un villano desarmado. Pero cuando Crespo interviene,

> ¿Quién os mete en eso a vos,
> rapaz? ¿Qué disgusto ha habido?
> Si el soldado le enojó,
> ¿no había de ir tras él? (vv. 746-749)

don Álvaro se siente respaldado y seguro de sí mismo y se
dirige a Juan con altanería, pero con cierta vacilación que
traiciona su cobardía innata:

> Claro está que no habrá sido
> otra causa, y ved mejor
> lo que decís. (vv. 753-755)

Y poco después utiliza, significativamente, el mismo ape-
lativo que Crespo había endosado a su hijo: «porque estáis
delante, / más castigo no le doy / a este rapaz» (vv. 757-759);

pero vuelve a arredrarse a continuación cuando Crespo le
pone en su sitio contestándole:

> Detened,
> señor capitán; que yo
> puedo tratar a mi hijo
> como quisiere, y vos no. (vv. 759-762)

El mismo Rebolledo reconoce que el capitán tiene miedo
a Juan y a los campesinos en general: vv. 1460-1463.

Es plausible, pues, construir a un don Álvaro que compensa su cobardía con un acto de crueldad hacia una mujer
indefensa —acto que no se atreve a llevar a cabo él solo,
sino con el apoyo de sus cómplices, tal como explica Isabel
a su padre en la tercera jornada: «aquellos embozados / traidores [...] / me robaron» (vv. 1903-1907). Y más tarde, cuando
Juan lo confronta, lleva la peor parte de la contienda y queda malherido. Frustrado en su intento, él mismo reconoce lo
contradictorio de sus sentimientos cuando, a comienzos de
la segunda jornada, declara al sargento que

> Este fuego, esta pasión,
> no es amor sólo, que es tema,
> es ira, es rabia, es furor. (vv. 935-937)

Son la ira, la rabia y el furor de un hombre cuya cobardía
y mendacidad ha sido expuesta ante su general y sus soldados por los mismos villanos que desprecia. Su monólogo
de la segunda jornada (vv. 969-1010), con su impresionante
serie de imágenes de destrucción, fuego, guerra y violencia,
trasciende el discurso del amor cortés para convertirse cumu-
lativamente en una expresión de impotencia, resentimien-
to, frustración, cólera y odio. Éste no es el discurso de un
amante apasionado, sino la diatriba arrebatada y furiosa de

un hombre que ha sido humillado y busca la venganza y la ruina de sus enemigos.

Don Álvaro puede ser concebido como un personaje conflictivo, airado, quejoso, rencoroso, incapaz de mostrar sentimientos de culpabilidad por las acciones que comete; un miembro débil, degenerado, quizás con algunos estigmas físicos, de una clase poderosa en decadencia; un egocéntrico que desprecia a otros seres humanos, especialmente cuando cree percibir debilidad en ellos. Un buen ejemplo de esto último sucede en la escena de la tercera jornada cuando regresa a Zalamea a curarse. Primero muestra pavor: «no es bien aventurar / hoy la vida por [curar] la herida» (vv. 2143-2144); «detenernos será error. / Vámonos antes que corra / voz de que estamos aquí» (vv. 2148-2150); «la fuga nos socorra / del riesgo destos villanos» (vv. 2152-2153). Estas y otras frases son buena muestra de su cobardía y terror; pero cuando Crespo se arrodilla ante él y le pide humildemente que remedie el deshonor de su hija, ofreciéndose incluso a convertirse en esclavo, el capitán, intuyendo debilidad en su oponente, se envalentona y el tono de su discurso cambia: «Viejo cansado y prolijo, / agradeced que no os doy / la muerte a mis manos» (vv. 2307-2309); «Llantos no se han de creer / de viejo, niño y mujer» (vv. 2320-2321).

Cobarde cuando se cree en peligro, el capitán se las echa de valiente si cree estar seguro. Pero en el momento en que Crespo cambia su actitud hacia él y ordena que le prendan, vuelve a convertirse en un ser pusilánime:

> No me puedo defender;
> fuerza es dejarme prender.
> Al rey desta sinrazón
> me quejaré. (vv. 2352-2355)

El agarrotamiento final del capitán, quien como noble debería haber sido juzgado por un tribunal militar y luego degollado, es la humillación final del orgulloso don Álvaro de Ataide, quien claramente recibe, de acuerdo con el principio de justicia poética, el final que merece; es, efectivamente, el garrote más bien dado.

El texto de Calderón suministra suficiente material para construir un personaje que es una especie de sociópata, cuyo comportamiento, según se describe en un diccionario de psicología, es «generalmente de naturaleza impulsiva, y puede asumir diversas formas, desde la irresponsabilidad y la mentira deliberada, hasta la violencia radical y sin razones contra otras personas, como tortura, violación y asesinato».[28] Parece una definición bastante exacta del capitán, un hombre que oscila entre la bravuconería y la cobardía, la osadía y el terror. Orgulloso y mentiroso, altivo y humillado, despectivo y despreciable, cruel y autocompasivo, don Álvaro emerge, al final, como un personaje complejo, contradictorio y multidimensional; es decir, como un auténtico personaje teatral.

Don Lope

Don Lope de Figueroa es un personaje histórico. Famoso general de Felipe II que luchó en Flandes e Italia y destacó en la batalla de Lepanto, se convirtió luego en personaje literario. Calderón lo utilizó en *Amar después de la muerte*, aunque en un papel muy secundario; Lope de Vega se sirvió de él en *El ataque de Mastrique*; Juan Bautista Diamante,

---

[28] Natalia Consuegra Anaya, *Diccionario de psicología*, 2.ª ed. (Bogotá, Ecoe Ediciones, 2010), pág. 253.

en *El defensor del peñón*; y Vélez de Guevara, en *El águila del agua*. Esta última obra fue censurada por Juan Navarro de Espinosa con las siguientes palabras: «He visto esta comedia y reformando los juramentos de don Lope de Figueroa que tiene en ella se puede representar. En Madrid a 29 de julio de 1642».[29] Los juramentos a que se refiere el censor madrileño son básicamente los mismos que utiliza el don Lope calderoniano: «¡Voto a Dios!», «¡Voto a Cristo!» y «¡Juro a Dios!». Tanto el don Lope histórico como el literario tenían, pues, fama de bruscos y coléricos. Al comienzo de EL ALCALDE DE ZALAMEA ya es descrito como un personaje legendario «que, si tiene tanta loa / de animoso y de valiente, / la tiene también de ser / el hombre más desalmado, / jurador y renegado / del mundo» (vv. 51-56).

Sin duda, uno de los principales atractivos de esta gran obra teatral reside en la relación antagónica pero también de respeto mutuo que se establece entre Crespo y don Lope de Figueroa. La escena final de la primera jornada, con su duelo verbal entre los dos viejos, es una de las escenas más memorables del teatro clásico español. En contraste con el capitán, don Lope, también un noble militar, no desprecia al villanaje, aunque cree, como el mismo Crespo, en la absoluta división entre las dos clases sociales.

La mutua admiración entre Crespo y don Lope crece en la segunda jornada. Durante el cuadro del jardín, don Lope admira la cortesía carente de adulación y servilismo de Crespo y sus hijos; en el siguiente cuadro, cuando por equivocación los dos viejos se encuentran luchando el uno contra el

<hr>

[29] Véase mi artículo «Dos censores de comedias de mediados del siglo XVII», *Estudios sobre Calderón y el teatro de la Edad de Oro. Homenaje a Kurt y Roswitha Reichenberger*, ed. Francisco Mundi Pedret (Barcelona, Publicaciones Universitarias, 1989), págs. 201-229.

otro en la oscuridad, don Lope exclama: «¡Voto a Dios, que riñe bien!». A lo cual contesta Crespo: «¡Bien pelea, voto a Dios!» (vv. 1351-1352). Don Lope es el reverso del capitán. Al final de esta jornada los dos quedan, como declara el mismo don Lope, «para siempre tan amigos» (v. 1572).

Su amistad, sin embargo, no es óbice para que los dos actúen otra vez como antagonistas en la tercera jornada. Antes de hablar con Crespo, don Lope sospecha quién es el alcalde que ha encarcelado al capitán, pero con la astucia y marrullería que caracterizan al labriego, pretende no haber sido informado. De esta manera los dos pueden discutir el grave problema de jurisdicción al que se enfrentan de una manera impersonal, sin dejar que la amistad influya en su actitud. De esta manera también don Lope actúa aquí de acuerdo con aquel aspecto de su personalidad que ya había subrayado un soldado al comienzo del drama: «sabe hacer / justicia del más amigo, / sin fulminar el proceso» (vv. 56-58). Y el más amigo en esta ocasión es Pedro Crespo.

Personaje legendario, don Lope no precisa un carácter complejo y multidimensional para cumplir su cometido dentro del esquema de su obra. Su actitud hacia Crespo y el contraste entre su personalidad y manera de pensar y las del capitán bastan para, de una manera indirecta, caracterizar dramáticamente a los ojos del público a los dos verdaderos antagonistas del drama.

Don Mendo

Don Mendo, el único personaje noble de Zalamea, es una parodia de hidalgo, con ilustres antecedentes literarios. Representa un tercer grado de ese concepto del honor basado en la genealogía del individuo. Reducido al absurdo, como, por ejemplo, cuando dice que se hubiese negado a ser engendrado por un padre no hidalgo (vv. 271-272), su idea del honor representa la degeneración de este concepto. Como don Quijote, a quien se le compara (anacrónisticamente) por su estrafalaria figura, don Mendo cree vivir en un pasado fantástico donde villanas como Isabel se rinden a hidalgos como él para ser luego abandonadas en un convento cuando se hartare de ellas. La fantasía de don Mendo se convierte, sin embargo, en la realidad del capitán: Isabel acabará su vida en un convento. Su uso de los tópicos trillados y las frases estereotipadas del amor cortés le presentan como cofrade de don Quijote, no sólo por su imitación del estilo de un género literario, sino por el efecto cómico que la disparidad entre su fantasía y la realidad de su figura produce en el espectador. Figura grotesca y cómica, don Mendo desaparece de la obra a mediados de la segunda jornada, cuando las cosas empiezan a tomar un cariz serio. En la tercera, habría aportado una nota discordante.

Nuño

Lo mismo es aplicable a su criado Nuño, cuyo papel es contribuir al aspecto cómico de la primera parte de la obra. Si don Mendo nos recuerda al escudero hambriento y orgulloso del tercer tratado del *Lazarillo de Tormes*, Nuño nos hace pensar en el mismo Lazarillo, cuya obsesión por la comida, especialmente en los tres primeros tratados de su «autobiografía», es comparable a la del personaje calderoniano. Estas resonancias literarias eran reconocidas por el público de los corrales y, como sucede con las del personaje de Pedro Crespo, Calderón las utilizaba precisamente porque despertaban en su público asociaciones que facilitaban la rápida caracterización e identificación de sus personajes.

El desprecio total de Nuño hacia don Mendo y su respeto instintivo hacia Crespo reflejarían los sentimientos del público en general. El gracioso del teatro clásico español representa en gran medida la mentalidad y sensibilidad del espectador medio de los corrales. Es una especie de barómetro y guía de los sentimientos del público. El gracioso es a menudo el puente de comunicación entre el público en general y el sentido de la obra. Sin él, el espectador medio no sabría quizá cómo reaccionar ante un determinado personaje o situación; si tomarlos en serio o en broma. La actitud del gracioso no le deja lugar a dudas.

Rebolledo y la Chispa

Rebolledo y la Chispa pertenecen a la clase más ínfima de la tropa: los parásitos que acompañaban a los ejércitos. Como muestra su lenguaje de germanía, están al nivel de los delincuentes comunes, la gente del hampa, las prostitutas, los jaques. Sin embargo, Calderón no los presenta como viva protesta social. Rebolledo y la Chispa son personajes extraídos del acervo teatral, conocidos ya por el público de los teatros del siglo XVII como protagonistas de las popularísimas *jácaras* y *mojigangas*. El mismo Calderón compuso varias piezas de este género.[30] Rebolledo y la Chispa son, por tanto, personajes cómicos y, a pesar de su carácter repelente y criminal, su misión principal es hacer reír al público.

---

[30] Véase la edición de los *Entremeses, jácaras y mojigangas* de Calderón, por Evangelina Rodríguez Cuadros y Antonio Tordera (Madrid, Castalia, 1983).

Y el público se ríe de ellos por su ignorancia, su amoralidad y su falta total de escrúpulos. En la primera jornada, Rebolledo, temiendo el castigo, traiciona al capitán, revelando la intriga; pero en la segunda jornada, tanto él como el no menos amoral don Álvaro parecen haber olvidado este incidente. Rebolledo, quizás con la idea de obtener nuevos favores, ofrece al capitán el modo de ver a Isabel: la serenata. Es curioso que, recordando lo que sucedió en la primera jornada, Rebolledo le proponga el plan diciendo que, si se descubre la «culpa», se la echarán a él y a los otros soldados, no al capitán (vv. 1041-1044). Más tarde, después de raptar a Isabel, Rebolledo da muestra de inusual crueldad cuando pide al sargento que mate al desamparado Crespo (v. 1757).

Pero incluso Rebolledo y la Chispa, desechos de la sociedad como son, tienen también su concepto del honor. En su primera intervención, cuando contesta a la inquietud que su amigo expresa por ella, la Chispa declara que «bien se sabe que yo / barbada el alma nací, / y ese temor me deshonra» (vv. 67-69). Más tarde, en esa misma jornada, Rebolledo, al pedirle al capitán que le conceda el juego de boliche, le recuerda que es «hombre cargado / de obligaciones, y hombre, al fin, honrado» (vv. 625-626). Pero si todos, incluso los criminales de esta pieza teatral, se creen honrados, ¿qué significa la honradez?, ¿qué es el honor? Éstas son algunas de las preguntas que, a través de los personajes y sus acciones, formula Calderón en su obra.

Significado de *El alcalde de Zalamea*

¿Qué significa EL ALCALDE DE ZALAMEA? ¿Qué interés puede tener para un lector o espectador moderno, cuyo concepto del honor nada tiene que ver con el linaje, la pureza de sangre o la opinión? El concepto del honor en el teatro clásico español en general y en EL ALCALDE DE ZALAMEA en particular debe ser considerado principalmente como un motivo dramático; es decir, un recurso que permite al dramaturgo conducir a unos personajes a ciertas situaciones límite, imponerles dilemas en apariencia insolubles y hacer posible un número de confrontaciones dramáticas. Pero su popularidad no nos debe llevar a la conclusión de que los españoles del siglo XVII estuviesen más obsesionados por el honor que sus contemporáneos ingleses o franceses, o que los españoles del siglo XXI. La narrativa de los siglos XVI y XVII, por ejemplo, no trata este tema con la frecuencia e intensidad con que lo hace el teatro.

En EL ALCALDE DE ZALAMEA el tema del honor es en realidad un medio para explorar la personalidad de su protagonista y, a través de él, examinar la validez de una definición del honor de mucha más relevancia para nuestros días: el honor como parte esencial de los derechos humanos. Como ya hemos notado, existen en EL ALCALDE DE ZALAMEA casi tantas definiciones del honor como personajes principales. Tenemos, por ejemplo, el honor basado en la nobleza de la familia, en la pertenencia a la casta militar, en la pureza de sangre o, simplemente, en estar cargado de obligaciones. Todas estas variedades de honor son contrastadas con esa definición del honor como patrimonio del alma que antepone la dignidad personal y la integridad moral a cualquier otro tipo de consideración social. EL ALCALDE DE ZALAMEA presenta el conflicto que surge cuando la casta militar trata de negar la dignidad personal a la que tiene derecho todo individuo.

En cierto sentido, EL ALCALDE DE ZALAMEA puede ser leído también como una obra feminista, que presenta una viva protesta contra la manera en que una mujer es considerada como objeto sexual, sin voluntad ni sentimientos, por tres de los personajes masculinos de la obra: don Mendo, el capitán y el sargento. Este último, al oír que el capitán no está interesado en la villana, comenta que «me pienso entretener / con ella» (vv. 202-203). Esta actitud despectiva hacia la mujer, considerada como mero objeto sexual, contrasta poderosamente con la modestia, la virtud y la entereza de Isabel, en especial en su impresionante discurso al comienzo de la tercera jornada. El objeto sexual del capitán aparece en esta escena como un ser de sentimientos profundos y de un patetismo conmovedor.

EL ALCALDE DE ZALAMEA contiene también una honda reflexión sobre la naturaleza de la condición humana. Pedro Crespo es un personaje que ha de elegir entre el honor social y el honor moral. Ninguno de los dos tipos de honor es malo en sí; en realidad, Pedro Crespo, como los antiguos héroes de la tragedia clásica, ha de elegir entre dos códigos que, mientras no entren en conflicto, son buenos y justos. No hay nada reprensible en desear la estima y el respeto del prójimo, pero cuando este deseo entra en conflicto con una ley moral superior, el héroe ha de sacrificarlo. El sacrificio es, sin embargo, penoso, y aquí es donde se demuestra la estatura e integridad moral de Crespo. Pero al contemplar con admiración la manera en que Crespo renuncia a su honor social, el espectador no podrá menos de preguntarse si este sufrimiento de un hombre básicamente bueno es necesario. ¿Por qué sufre Crespo? ¿Por qué sufre Isabel? En términos cristianos la respuesta es que la felicidad no es de este mundo. El sufrimiento de Crespo habría que verlo bajo este punto de vista como una especie de prueba a la que Dios le está sometiendo. Desde otro punto de vista, el injusto sacrificio de Crespo y su hija nos lleva a una consideración más pesimista del mundo en que vivimos. Como dijo Premraj Halkhoree, EL ALCALDE DE ZALAMEA da a entender que si los seres humanos observaran la Ley, usaran adecuadamente de la Razón, y actuaran en armonía con la Naturaleza, esta vida sería mucho más feliz. Pero el problema es que no pueden hacerlo. ¿Por qué? Halkhoree encuentra una respuesta a esta pregunta en el carácter ambivalente de la Naturaleza, en lo inadecuado de la Ley y especialmente en lo inadecuado de la Razón.[31] Otra explicación podría hallarse en la limitación intelectual de los seres humanos. Crespo y otros personajes admirables del teatro calderoniano, como don Fernando en *El príncipe constante*, son quizá la excepción. El capitán es mucho más típico. Una persona incrustada en su clase social, en su estrecho código social, incapaz de trascender los límites morales de este último. Un ser patético que muere al final sin saber por qué, convencido todavía de que al satisfacer sus apetitos él solamente estaba actuando de acuerdo con los privilegios de su clase. Al no haber arrepentimiento, ni iluminación o revelación moral (anagnórisis)[32] en el capitán, su final es mucho más trágico que el de Crespo.

EL ALCALDE DE ZALAMEA es una obra compleja y polisémica. Ninguna interpretación podrá abarcar todos sus matices ni explicar cada uno de los enigmas que presenta sobre la naturaleza humana, sobre las motivaciones de los seres humanos, sobre la naturaleza de la felicidad, la justicia, la razón y la prudencia. Pero este gran drama calderoniano no es solamente un ensayo intelectual. EL ALCALDE DE ZALAMEA está lleno de grandes momentos dramáticos de una emoción y de un patetismo difícilmente igualado. También contiene personajes inolvidables. Tanto las figuras cómicas de don

---

[31] Premraj Halkhoree, *Calderón de la Barca: «El alcalde de Zalamea»* (Londres, Grant and Cutler, 1972), pág. 43.

[32] *Anagnórisis* no es solamente el reconocimiento de la identidad de un personaje por otro u otros, sino también el descubrimiento de alguna verdad sobre uno mismo, como sucede al final de *Edipo Rey*.

Mendo y Nuño como las de los soldados, Rebolledo y la Chispa, están perfectamente delineadas. La visión idílica que nos presenta de una familia campesina puede que no sea muy realista, pero contiene pinceladas muy humanas de la actitud del labrador hacia sus campos y de las estrechas relaciones entre los miembros de una familia rural. El personaje de Pedro Crespo es un papel magnífico para un actor maduro. Hay pocos personajes de hombres viejos en nuestro teatro clásico o moderno que posean la hondura y complejidad de este protagonista calderoniano. Frente a él encontramos a otro personaje viejo de parecida envergadura, aunque de una psicología mucho menos complicada, don Lope de Figueroa. Estos dos personajes son tan memorables, y sus escenas constituyen tales lecciones en el arte dramático, que se ha pensado que Calderón compuso esta obra para dos famosos actores del siglo XVII ya entrados en años.

Por todas estas razones, EL ALCALDE DE ZALAMEA se ha convertido en uno de los dramas clásicos no sólo de nuestro teatro nacional, sino del teatro europeo en general, como queda demostrado por el número de veces que ha sido traducido a otros idiomas y, más particularmente, por el éxito que obtuvo en 1981 en el National Theatre de Londres en la versión que Adrian Mitchell preparara con motivo del tercer centenario de la muerte de Calderón.

JOSÉ MARÍA RUANO DE LA HAZA

CRITERIO EDITORIAL

Esta edición de EL ALCALDE DE ZALAMEA está basada en la edición príncipe, publicada con el título de *El garrote más bien dado* en un volumen adocenado cuya portada dice:

EL MEJOR | DE LOS MEIORES | LIBRO [sic] QVE HA SALIDO DE | COMEDIAS NVEVAS. | DEDICA-DO. | *AL SEÑOR DOCTOR D. AGVSTIN* | *de Hierro, Cauallero del Orden de Calatraua,* | *del Conſejo del Rey nuestro ſeñor, en el* | *Supremo de Castilla.* | [escudo de armas] | CON LICENCIA EN ALCALA, EN CASA DE | Maria Fernandez, Año de 1651. | *Acoſta* [sic] *de Tomas Alfay Mercader de libros.* | Vendeſe en ſu caſa junto a S. Felipe en la eſquina de la calle de la | Paz, y en Palacio.

El garrote más bien dado es la cuarta comedia de las doce incluidas en este tomo. La príncipe adolece de ciertos errores, atribuibles a copistas e impresores. Todos ellos han sido corregidos en esta edición, dejando constancia de cada enmendación en las respectivas notas a pie de página.

Todas las adiciones que he creído conveniente insertar en el texto de la príncipe aparecen entre corchetes. Muchas de ellas son acotaciones, que espero sean de utilidad para una mejor comprensión de la acción que se desarrolla en escena. Las acotaciones que figuran en la príncipe han sido reproducidas sin paréntesis y en letra cursiva. Las que yo he añadido van siempre entre corchetes.

Todo el texto dicho «aparte», tanto el que se indica específicamente en la príncipe como el que está implícito, va entre paréntesis. Para evitar confusión, utilizo guiones en lugar de paréntesis para las frases parentéticas.

Regularizo el uso de «agora» (tres sílabas) y «ahora» (dos sílabas), según la normativa del propio Calderón.

La diéresis rompe el diptongo (dialefa) en palabras como «crïado» y «crüel» para conseguir la correcta medida del verso.

Utilizo la abreviatura *DRAE* para citar del actual *Diccionario de la Real Academia Española*; y «Covarrubias» remite al *Tesoro de la lengua castellana o española*, de Sebastián de Covarrubias y Horozco.

BIBLIOGRAFÍA

ABRAMS, Fred, «Imaginería y aspectos temáticos del Quijote en *El alcalde de Zalamea*», *Duquesne Hispanic Review*, 5 (1966), págs. 27-34.

AGUIRRE, José M., «*El alcalde de Zalamea*: ¿venganza o justicia?», *Estudios Filológicos*, 7 (1971), págs. 119-132.

ARATA, Stefano, «Pedro Crespo y la pata coja de Lope de Figueroa», *Calderón 2000: homenaje a Kurt Reichenberger en su 80 cumpleaños*, ed. Ignacio Arellano (Reichenberger, Kassel, 2002), págs. 3-20.

ARCHER, Robert, «Precept and character in Polonius and Pedro Crespo», *Comparative Literature*, 44 (1992), págs. 280-292.

—, «Role-playing, honor and justice in *El alcalde de Zalamea*», *Journal of Hispanic Philology*, 13 (1988), págs. 49-66.

AUBRUN, C. V., «*El alcalde de Zalamea*, ilusión cómica e ilusiones sociales en Madrid hasta 1642», *Hacia Calderón VII*, ed. Hans Flasche (Stuttgart, Steiner, 1893), págs. 169-174.

AYLWARD, E. T., «El cruce de los temas de honor y justicia en *El alcalde de Zalamea* de Calderón: un choque de motivos estéticos y prácticos», *Bulletin of the Comediantes*, 39 (1987), págs. 243-257.

BEARDSLEY, Theodore S., «Isocrates, Shakespeare, and Calderón: advice to a young man», *Hispanic Review*, 42 (1974), págs. 185-198.

BETANCUR, Bryan, «La justicia más rara del mundo: violated daughter, inviolable law in Calderón's *El alcalde de Zalamea*», *Bulletin of the Comediantes*, 67 (2015), págs. 67-89.

BRYANS, John V., *Calderón de la Barca: imagery, drama and rhetoric* (Londres, Tamesis, 1977).

CASANOVA, W. O, «Honor, patrimonio del alma y opinión social, patrimonio de casta en *El alcalde de Zalamea*, de Calderón», *Hispanófila*, 33 (1968), págs. 17-33.

CASO-GONZÁLEZ, J. M., «*El alcalde de Zalamea*, drama subversivo (una posible interpretación)», *Actas del I Simposio de Literatura Española*, ed. A. Navarro González (Salamanca, Universidad, 1981), págs. 193-207.

CASTRO RODRÍGUEZ, María Luisa, «Laurencia e Isabel: dos mujeres deshonradas del teatro del siglo de oro, dos aproximaciones al honor y la justicia», *El teatro barroco revisitado*, ed. Emilia Deffis *et al.* (Puebla, Colegio de Puebla, 2013), págs. 149-166.

CONOR-SWIETLICKI, Catherine, «Embodying rape and violence: your mirror neurons and 2RC Teatro's *Alcalde de Zalamea*», *Comedia Performance*, 7 (2010), págs. 9-52.

CONSUEGRA ANAYA, Natalia, *Diccionario de psicología*, 2.ª ed. (Bogotá, Ecoe Ediciones, 2010).

CORREA, Gustavo, «El doble aspecto de la honra en el teatro del siglo XVII», *Hispanic Review*, 26 (1958), págs. 99-107.

COTARELO Y MORI, Emilio, *Ensayo sobre la vida y obras de Calderón* (Madrid, 1924).

COVARRUBIAS, Sebastián de, *Tesoro de la lengua castellana o española* (1611), ed. Ignacio Arellano y Rafael Zafra (Madrid, Iberoamericana-Vervuert, 2006).

DARST, David H., «The many roles of Pedro Crespo», *Hispanic Essays in Honor of Frank P. Casa*, ed. R. Lauer y H. W. Sullivan (Nueva York, Peter Lang, 1997), págs. 224-232.

DAVIS, J. H. y LUNDELIUS, R., «Calderón's *El alcalde de Zalamea* in eighteenth-century France», *Kentucky Romance Quarterly*, 23 (1976), págs. 213-224.

DELGADO, Manuel, «Sindéresis, ley natural y sentido moral en *La vida es sueño*», *Ayer y hoy de Calderón*, ed. José María Ruano de la Haza y Jesús Pérez Magallón (Madrid, Castalia, 2002), págs. 107-124.

DÍEZ BORQUE, José M., «*El alcalde de Zalamea* y la verosimilitud atemporal», *Cuadernos de Teatro Clásico*, 15 (2001), págs. 191-216.

—, (ed.) Pedro Calderón de la Barca, *El alcalde de Zalamea* (Madrid, Castalia, 1976).

—, *Sociedad y teatro en la España de Lope de Vega* (Barcelona, Bosch, 1978).

DIXON, Victor F., «*El alcalde de Zalamea, "la Nueua"*: date and composition», *Bulletin of Hispanic Studies*, 77 (2000), 173-181.

—, «Manuel Vallejo. Un actor se prepara», *Actor y técnica de representación del teatro clásico español*, ed. J. M. Díez Borque (Londres, Támesis, 1989), págs. 55-74.

DUNN, Peter N., «Honour and the christian background in Calderón», *Bulletin of Hispanic Studies*, 37 (1960), págs. 90-105.

—, «Patrimonio del alma», *Bulletin of Hispanic Studies*, 41 (1964), págs. 78-85.

DURÁN, Manuel, y Roberto GONZÁLEZ ECHEVERRÍA, *Cal-*

derón y la crítica. Historia y antología (Madrid, Gredos, 1976), 2 vols.

EDWARDS, Gwynne, «Introduction», Pedro Calderón de la Barca, *La hija del aire* (Londres, Tamesis, 1970).

—, «The closed world of *El alcalde de Zalamea*», *Critical perspectives on Calderón*, ed. Frederick de Armas *et al.* (Lincoln, Nebraska, 1981), págs. 53-67.

—, *The prison and the labyrinth: studies in Calderonian tragedy* (Cardiff, University of Wales Press, 1978).

ESCUDERO BAZTÁN, Juan M. (ed.), *El alcalde de Zalamea. Edición crítica de las dos versiones* (Madrid, Iberoamericana, 1998).

—, «La construcción del mito del buen militar. Historia y funcionalidad dramática en Don Lope de Figueroa», *Neophilologus*, 98 (2014), págs. 259-274.

EVANS, Peter W., «Pedro Crespo y el capitán», *Hacia Calderón V* (Wiesbaden, Franz Steiner, 1982), págs. 48-54.

FISCHER, Susan, «*El garrote más bien dado* o *El alcalde de Zalamea*: classical theater as it ought to be performed», *Gestos*, 6 (1991), págs. 33-51.

—, «La puesta en escena en Calderón: teatro clásico y sociedad actual», *Texto e imagen en Calderón*, ed. Manfred Tietz (Stuttgart, Steiner, 1998), págs. 87-94.

FOTHERGILL-PAYNE, Louise, «Unas reflexiones sobre el duelo, el honor y la deshonra de la mujer en *El alcalde de Zalamea*», *Hacia Calderón V* (1988), págs. 221-226.

FOX, Dian, «"Quien tiene el padre alcalde..." The conflict of images in Calderón's *El alcalde de Zalamea*», *Revista Canadiense de Estudios Hispánicos*, 6 (1982), págs. 262-68.

GARCÍA GÓMEZ, Ángel M., «El alcalde de Zalamea: Álvaro de Ataide y el capitán de Malaca», *Iberoromania*, 14 (1981), págs. 42-59.

—, «Pedro Crespo, padre y juez, en la primera versión de *El alcalde de Zalamea*», *Memoria de la palabra*, ed. María Luisa Lobato y Francisco Domínguez Matito (Madrid, Iberoamericana, 2004), págs. 841-851.

García Martín, Elena, «Restoring everyday practices to the Golden-Age dramatic canon: *El alcalde de Zalamea* in Zalamea», *Hispanic Reseach Journal*, 10 (2009), págs. 303-320.

Güntert, Georges, «Entre dos discursos: pasiones y valores en *El alcalde de Zalamea*», *Deseo, sexualidad y afectos en la obra de Calderón*, ed. Manfred Tietz (Stuttgart, Steiner, 2001), págs. 74-83.

Halkhoree, Premraj, *Calderón: El alcalde de Zalamea* (Londres, Grant and Cutler, 1972).

—, «The four days of *El alcalde de Zalamea*», *Romanistisches Jahrbuch*, 22 (1971), págs. 284-296.

Hendricks, Victorinus, «Don Lope de Figueroa, figura histórica e imagen literaria», *Actas del VIII Congreso de la Asociación Internacional de Hispanistas*, ed. David Kossoff *et al.* (Madrid, Istmo, 1986), págs. 703-08.

Hesse, E. W., *Calderón de la Barca* (Nueva York, Twayne, 1967).

Hidalgo, José Manuel, «La ambigüedad interpretativa de *El alcalde de Zalamea*», *Bulletin of the Comediantes*, 64 (2012), págs. 65-82.

Hill, Deborah, «*El alcalde de Zalamea*: a chronological, annotated bibliography», *Hispania*, 66 (1983), págs. 48-63.

Honig, E., «Honor humanized: *The mayor of Zalamea*», *Calderón and the seizures of honor* (Cambridge, Massachusetts, Harvard University Press, 1972), págs. 81-109.

Jones, C. A., «Honour in *El alcalde de Zalamea*», *Modern Language Review*, 50 (1955), págs. 444-449.

KERSTEN, R., «*El alcalde de Zalamea* y su refundición por Calderón», *Homenaje a Casalduero: crítica y poesía* (Madrid, Gredos, 1972), págs. 263-274.

LARSON, Catherine, «Talking about talking: word and deed in Calderón's *El alcalde de Zalamea*», *Bulletin of the Comediantes*, 54 (2002), págs. 443-465.

LAUER, Robert, «Contaminación y purificación en *El alcalde de Zalamea*», *Anthropos*, 1 (1997), págs. 102-107.

—, «*El alcalde de Zalamea* y la comedia de villanos», *El escritor y la escena III*, ed. Ysla Campbell (Ciudad Juárez, Universidad Autónoma, 1995), págs. 135-142.

LEAVITT, Sturgis E., «Pedro Crespo and the captain in Calderón's *El alcalde de Zalamea*», *Hispania*, 38 (1955), págs. 430-431.

LEWIS-SMITH, Paul, «Calderón's *El alcalde de Zalamea*: a tragedy of honour», *Forum for Modern Language Studies*, 28 (1992), págs. 157-172.

LONDON, John, «Algunos montajes de Calderón en el Tercer Reich», *Texto e imagen en Calderón*, ed. Manfred Tietz (Stuttgart, Steiner, 1998), págs. 143-157.

LONGHURST, Alex, «Don Fadrique's transgression and Don Álvaro's presumption: moral ontology in Lope and Calderón», *Bulletin of Spanish Studies*, 92 (2015), págs 255-273.

MARALLINO, V., «*El alcalde de Zalamea* y *Fuenteovejuna* frente al derecho penal», *Revista de las Indias*, 14 (1942), págs. 358-367.

MARÍN, Diego, «Apostilla al supuesto *Alcalde de Zalamea* de Lope», *Bulletin of the Comediantes*, 33 (1981), págs. 81-82.

MASCARELL, Purificació, «José Luis Alonso y *El alcalde de Zalamea* (1988): realismo y claridad interpretativa para un clásico en escena», *Janus*, 5 (2016), págs. 65-87.

MASSEI, Adrián Pablo, «A Dios rogando y con el garrote dando: sobre el honor en *El alcalde de Zalamea* de Calderón de la Barca», *Ariel*, 8 (1991), págs. 5-34.

McGRATH, Michael J., «The (ir)relevance of the aside in Golden-Age drama», *Romance Quarterly*, 61 (2014), págs. 227-237.

McKENDRICK, Melveena, «Pedro Crespo: soul of discretion», *Bulletin of Hispanic Studies*, 57 (1980), págs. 103-112.

MORÓN ARROYO, C., «*La vida es sueño* y *El alcalde de Zalamea*: para una sociología del teatro calderoniano», *Iberoromania*, 14 (1981), págs. 27-41.

MORROW, Carolyn, «Discourse and class in *El alcalde de Zalamea*», *Bulletin of the Comediantes*, 44 (1992), págs. 133-149.

—, «Gender anxiety in *El alcalde de Zalamea*», *Gestos*, 10 (1995), págs. 39-54.

NELSON, Bradley J., «*El alcalde de Zalamea*: Pedro Crespo's marvelous game of emblematic wit», *Bulletin of the Comediantes*, 50 (1998), págs. 35-57.

PARKER, A. A., «La estructura dramática de *El alcalde de Zalamea*», *Homenaje a Casalduero: crítica y poesía* (Madrid, Gredos, 1972), págs. 411-418.

—, «Towards a definition of Calderonian tragedy», *Bulletin of Hispanic Studies*, 39 (1962), págs. 222-237.

PELÁEZ, Andrés, «*El alcalde de Zalamea, La vida es sueño* y *La dama duende* en los escenarios españoles en el siglo XX», *Cuadernos de Teatro Clásico*, 15 (2001), págs. 15-26.

PÉREZ PASTOR, C., *Documentos para la biografía de Don Pedro Calderón de la Barca* (Madrid, 1905).

PRIMORAC, Berislav, «El gravamen del alojamiento en *El alcalde de Zalamea*», *El escritor y la escena III*, ed. Ysla

Campbell (Ciudad Juárez, Universidad Autónoma, 1995), págs. 143-153.

RODRÍGUEZ CUADROS, Evangelina, y Antonio TORDERA (eds.), Pedro Calderón de la Barca, *Entremeses, jácaras y mojigangas* (Madrid, Castalia, 1983).

ROMERA CASTILLO, J., «*El alcalde de Zalamea* de Calderón y Francisco Brines: dos signos en una serie semiósica», *Homenaje a Hans Flasche*, ed. Karl-Hermann Körner *et al.* (Stuttgart, Steiner, 1991), págs. 174-186.

RUANO DE LA HAZA, José M., «Dos censores de comedias de mediados del siglo XVII», *Estudios sobre Calderón y el teatro de la Edad de Oro. Homenaje a Kurt y Roswitha Reichenberger*, ed. Francisco Mundi Pedret (Barcelona: Publicaciones Universitarias, 1989), págs. 201-229.

—, «Introducción», Pedro Calderón de la Barca, *La vida es sueño* (Barcelona, Castalia/Edhasa, 2012), págs. 7-81.

—, *La puesta en escena en los teatros comerciales del Siglo de Oro* (Madrid, Castalia, 2000).

—, «Los espacios de Don Juan», *Hecho teatral*, 7 (2007), págs. 127-145.

—, «Pedro Crespo», *Cuadernos de Teatro Clásico*, 15 (2001), págs. 217-230.

—, «Teoría y praxis del personaje teatral áureo: Pedro Crespo, Peribáñez y Rosaura», *El escritor y la escena V*, ed. Ysla Campbell (Ciudad Juárez, Universidad Autónoma, 1997), págs. 19-35.

RUANO DE LA HAZA, José M., y John J. ALLEN, *Los teatros comerciales del siglo XVII y la escenificación de la Comedia* (Madrid, Castalia, 1994).

RUIZ RAMÓN, Francisco, *Historia del teatro español desde sus orígenes hasta 1900* (Madrid, Alianza, 1967).

SÁNCHEZ ESCRIBANO, F., y A. PORQUERAS MAYO (eds.), *Preceptiva dramática española* (Madrid, Gredos, 1972).

SENTAURENS, Jean, *Séville et le théâtre de la fin du Moyen Age a la fin du XVIIe siècle*, 2 vols. (Burdeos, Presses Universitaires de Bordeaux, 1984).

SHERGOLD, Norman D., *A history of the Spanish stage from medieval times until the end of the seventeenth century* (Oxford, Clarendon, 1967).

SHERGOLD, Norman D., y John E. VAREY, «Some early Calderón dates», *Bulletin of Hispanic Studies*, 38 (1961), págs. 274-286.

SLOMAN, Albert E., *The dramatic craftsmanship of Calderón: his use of earlier plays* (Oxford, Dolphin, 1958).

—, «Scene division in Calderón's *El alcalde de Zalamea*», *Hispanic Review*, 19 (1951), págs. 66-71.

SMIEJA, Florian, «*The Lord Mayor of Poznan*: an eighteenth-century Polish version of *El alcalde de Zalamea*», *Modern Language Review*, 63 (1968), págs. 869-871.

SMITH, P. L., «Calderón's Mayor», *Romanische Forschungen*, 92 (1980), págs. 110-117.

SOBRÉ, J. M., «Calderón's rebellion? Notes on *El alcalde de Zalamea*», *Bulletin of Hispanic Studies*, 54 (1977), págs. 215-222.

SOONS, C. A., «Caracteres e imágenes en *El alcalde de Zalamea*», *Romanische Forschungen*, 72 (1960), págs. 104-107.

SULLIVAN, Henry W., *Calderón in the German lands and the Low Countries* (Cambridge University Press, 1983).

—, «*El alcalde de Zalamea* de Calderón en el teatro europeo de la segunda mitad del siglo XVII», *Actas del Congreso Internacional sobre Calderón*, ed. L. García Lorenzo (Madrid, CSIC, 1983), vol. III, págs. 1471-1477.

TER HORST, Robert, «The poetics of honor in Calderón's *El alcalde de Zalamea*», *Modern Language Notes*, 96 (1981), págs. 286-315.

Touron de Ruiz, Mercedes, «*El alcalde de Zalamea* en Lope y Calderón», *Cuadernos Hispanoamericanos*, 372 (1981), págs. 535-550.

Valbuena Briones, Ángel, «Una interpretación de *El alcalde de Zalamea*», *Arbor*, 385 (1978), págs. 25-39.

Valbuena Prat, Ángel, *Calderón, su personalidad, su arte dramático, su estilo y sus obras* (Barcelona, Juventud, 1941).

Varey, John E., «Espacio escénico», *Teatro Clásico Español. Problemas de una lectura actual*, ed. Francisco Ruiz Ramón (Madrid, Ministerio de Cultura, 1980), págs. 19-34.

—, «Space and time in the staging of Calderon's *The mayor of Zalamea*», *Staging in the Spanish theatre*, ed. Margaret A. Rees (Leeds, Trinity and All Saints' College, 1984), págs. 11-25.

Vega García-Luengos, Germán, Don W. Cruickshank, y J. M. Ruano de la Haza, *La segunda versión de «La vida es sueño», de Calderón* (Liverpool University Press, 2000).

Vellón Lahoz, Javier, «Dos versiones decimonónicas de *El alcalde de Zalamea*: Dionisio Solís y Pedro Carreño. Hacia la dramaturgia burguesa», *Criticón*, 68 (1996), págs. 125-140.

Vitse, Marc, «Polimetría y estructuras dramáticas de la comedia de corral del siglo XVII: el ejemplo de *El burlador de Sevilla*», *El escritor y la escena VI*, ed. Ysla Campbell (Ciudad Juárez, Universidad Autónoma, 1998), págs. 45-63.

Wardropper, Bruce W. (ed.), *Critical essays on the theatre of Calderón* (Nueva York, New York University Press, 1965).

Wilson, Edward M., «The four elements in the imagery of Calderón», *Modern Language Review*, 31 (1936), págs. 34-37.

YNDURÁIN, Domingo, «*El alcalde de Zalamea*: historia, ideología, literatura», *Edad de Oro*, 5 (1986), págs. 299-311.

—, «Personaje y abstracción», *El personaje dramático. VII Jornadas de Teatro Clásico Español* (Almagro, 1983), ed. Luciano García Lorenzo (Madrid, Taurus, 1985), págs. 27-37.

EL ALCALDE DE ZALAMEA

PERSONAS

EL REY FELIPE SEGUNDO
DON LOPE DE FIGUEROA
DON ÁLVARO DE ATAIDE, capitán
UN SARGENTO
SOLDADOS
REBOLLEDO y la CHISPA
PEDRO CRESPO, labrador
JUAN, hijo de Pedro Crespo
ISABEL, hija de Pedro Crespo
INÉS, prima de Isabel
DON MENDO
NUÑO, criado
[UN ESCRIBANO]
[LABRADORES]

JORNADA PRIMERA

[CUADRO ÚNICO]
[*Camino a Zalamea → exterior de la casa de Crespo →
interior de la casa de Crespo*]

Salen Rebolledo, *la* Chispa *y soldados.*

Rebolledo.	¡Cuerpo de Cristo con quien	[*redondillas*]
	desta suerte hace marchar	
	de un lugar a otro lugar	
	sin dar un refresco![1]	
Todos.	Amén.	
Rebolledo.	¿Somos gitanos[2] aquí	5
	para andar desta manera?	
	¿Una arrollada bandera[3]	

---

[1] *refresco*: no solamente en el sentido de bebida y comida, sino también de descanso.

[2] *Somos gitanos*: por el nomadismo asociado en el siglo XVII con el pueblo gitano, el cual llegó a España a comienzos del siglo XV.

[3] *arrollada bandera*: la bandera se desplegaba cuando el ejército desfilaba formalmente o durante una batalla, pero no cuando marchaba de un lugar a otro.

                    nos ha de llevar tras sí,
                    con una caja...[4]
SOLDADO 1.º   ¿Ya empiezas?
REBOLLEDO.   ... que este rato que calló   10
                    nos hizo merced de no
                    rompernos estas cabezas?
SOLDADO 2.º No muestres deso pesar,
                    si ha de olvidarse, imagino,
                    el cansancio del camino   15
                    a la entrada del lugar.
REBOLLEDO.   ¿A qué entrada, si voy muerto?
                    Y aunque llegue vivo allá,
                    sabe mi Dios si será
                    para alojar; pues es cierto   20
                    llegar luego al comisario[5]
                    los alcaldes a decir
                    que si es que se pueden ir,
                    que darán lo necesario.
                    Responderles,[6] lo primero,   25
                    que es imposible, que viene
                    la gente muerta; y si tiene
                    el concejo algún dinero,
                    decir:[7] «Señores soldados:
                    orden hay que no paremos;   30
                    luego al instante marchemos»;

---

⁴ *caja*: tambor. Rebolledo se queja a continuación del dolor de cabeza que le produce el ruido del tambor (vv. 10-12).

⁵ *comisario*: entre sus muchas funciones, estaba la de intendencia, o abastecimiento y alojamiento de la tropa.

⁶ *Responderles*: es decir, «les responderá». Este uso del infinitivo por el futuro (aquí y en el v. 29) es inusual y puede que sea un intento de reflejar el habla germanesca de Rebolledo.

⁷ *decir*: «nos dirá».

y nosotros, muy menguados,
a obedecer al instante
orden que es, en caso tal,
para él orden monacal,   35
y para mí mendicante.[8]
Pues, ¡voto a Dios!, que si llego
esta tarde a Zalamea,[9]
y pasar de allí desea
por diligencia o por ruego,   40
que ha de ser sin mí la ida;
pues no, con desembarazo,
será el primer tornillazo[10]
que habré yo dado en mi vida.

SOLDADO 1.º Tampoco será el primero   45
que haya la vida costado[11]
a un miserable soldado.
Y más hoy, si considero
que es el cabo[12] desta gente
don Lope de Figueroa;[13]   50
que, si tiene tanta loa[14]
de animoso y de valiente,
la tiene también de ser
el hombre más desalmado,[15]

---

[8] *monacal ... mendicante*: las órdenes mendicantes vivían de limosna deambulando por los pueblos (como los soldados), mientras que las órdenes monacales residían en monasterios con sus diezmos, ofrendas y primicias (como el comisario).

[9] *Zalamea*: hoy Zalamea de la Serena, en la provincia de Badajoz.

[10] *tornillazo*: derivado de *tornillero*, «desertor»; es voz de germanía.

[11] *la vida costado*: la deserción se castigaba con la pena de muerte.

[12] *cabo*: de latín *caput*, «cabeza, general del ejército».

[13] *don Lope de Figueroa*: personaje histórico, famoso general de Felipe II, bien conocido del público de los corrales. Véase la Introducción.

[14] *loa*: del latín *laus*, «alabanza», usado aquí en el sentido de «fama».

[15] *desalmado*: sin alma, sin compasión.

                         jurador y renegado   55
                         del mundo, y que sabe hacer
                         justicia del más amigo
                         sin fulminar el proceso.[16]
REBOLLEDO.   ¿Ven vustedes todo eso?
                         Pues yo haré lo que yo digo.   60
SOLDADO 2.º   ¿De eso un soldado blasona?
REBOLLEDO.   Por mí muy poco me inquieta;
                         sino por esa pobreta,
                         que viene tras la persona.
CHISPA.   Seor Rebolledo, por mí   65
                         vuecé no se aflija, no;
                         que bien se sabe que yo
                         barbada el alma nací,
                         y ese temor me deshonra;
                         pues no vengo yo a servir   70
                         menos que para sufrir
                         trabajos con mucha honra;
                         que para estarme, en rigor,
                         regalada, no dejara
                         en mi vida, cosa es clara,   75
                         la casa del regidor,
                         donde todo sobra, pues
                         al mes mil regalos vienen;
                         que hay regidores que tienen
                         menos regla con el mes.[17]   80
                         Y pues a venir aquí,

---

[16] *fulminar*: «acusar a alguien, en proceso formal o sin él, y condenarlo» (*DRAE*), pero aquí parece significar «sin entrometerse o dificultar el proceso legal».

[17] *menos regla con el mes*: juego de palabras con que se alude al ciclo menstrual de la mujer y, por implicación, a la regularidad con que los corregidores (una especie de gobernadores) eran sobornados.

a marchar y perecer
con Rebolledo, sin ser
postema,[18] me resolví,
por mí ¿en qué duda o repara?   85

REBOLLEDO.   ¡Viven los cielos, que eres
corona de las mujeres!

SOLDADO 2.º Aquesa es verdad bien clara.
¡Viva la Chispa!

REBOLLEDO.   ¡Reviva!
Y más si, por divertir   90
esta fatiga de ir
cuesta abajo y cuesta arriba,
con su voz el aire inquieta
una jácara[19] o una canción.

CHISPA.   Responda a esa petición   95
citada la castañeta.

REBOLLEDO.   Y yo ayudaré también.
Sentencien[20] los camaradas
todas las partes citadas.

SOLDADO 1.º ¡Vive Dios, que han dicho bien!   100

Canta[n] REBOLLEDO *y la* CHISPA.

CHISPA.   *Yo soy tiri, tiri, taina*
flor de la jacarandaina.

REBOLLEDO.   *Yo soy tiri, tiri, tina,*
flor de la jacarandina.

CHISPA.   *Vaya a la guerra el alférez,*   105
y embárquese el capitán.

---

[18] *postema*: tumor supurado; en sentido figurado, persona molesta y pesada.

[19] *jácara*: derivado de *jaque*, «matón, rufián»; era un baile cantado sobre temas de la vida rufianesca.

[20] *Sentencien*: juzguen, den su opinión.

REBOLLEDO.   *Mate moros quien quisiere,*
             que a mí no me han hecho mal.
CHISPA.   *Vaya y venga la tabla²¹ al horno,*
             y a mí no me falte pan.   110
REBOLLEDO.   *Huéspeda, máteme una gallina;*
             que el carnero me hace mal.
SOLDADO 1.º Aguarda; que ya me pesa
             —que íbamos entretenidos
             en nuestros mismos oídos—,²²   115
             caballeros, de ver esa
             torre, pues es necesario
             que donde paremos sea.
REBOLLEDO.   ¿Es aquélla Zalamea?
CHISPA.   Dígalo su campanario.   120
             No sienta tanto vusté
             que cese el canticio²³ ya;
             mil ocasiones habrá
             en que logralle, porque
             esto me divierte tanto   125
             que, como de otras no ignoran
             que a cada cosica lloran,
             yo a cada cosica canto,
             y oirá ucé jácaras ciento.
REBOLLEDO.   Hagamos alto aquí, pues   130
             justo, hasta que venga, es,²⁴
             con la orden el sargento,

---

²¹ *tabla*: donde se pone el pan para meterlo en el horno.

²² *nuestros mismos oídos*: escuchando la canción.

²³ *canticio*: no es necesario cambiarlo a «cántico», pues es voz recogida por el *DRAE*. Chispa dirige estas palabras al Soldado 1.º

²⁴ *justo ... es*: «es justo hacer alto aquí hasta que venga el sargento con la orden de entrar en Zalamea».

                    por si hemos de entrar marchando
                    o en tropas.
SOLDADO 1.º   Él solo es quien
                    llega agora; mas también   135
                    el capitán esperando
                    está.

            Sale[n] el CAPITÁN *y el* SARGENTO.

CAPITÁN.   Señores soldados,
                    albricias[25] puedo pedir;
                    de aquí no hemos de salir,
                    y hemos de estar alojados   140
                    hasta que don Lope venga
                    con la gente que quedó
                    en Llerena;[26] que hoy llegó
                    orden de que se prevenga[27]
                    toda, y no salga de aquí   145
                    a Guadalupe[28] hasta que
                    junto todo el tercio[29] esté,
                    y él vendrá luego; y así,
                    del cansancio bien podrán
                    descansar algunos días.   150
REBOLLEDO.   Albricias pedir podías.[30]

---

[25] *albricias*: regalo que se da al que trae buenas noticias.

[26] *Llerena*: otro pueblo de la provincia de Badajoz, cercano a Zalamea.

[27] *prevenga*: se prepare o esté lista para marchar.

[28] *Guadalupe*: pueblo de la provincia de Cáceres.

[29] *tercio*: regimiento de infantería, parecido a una legión romana. Existen varias posibles explicaciones del nombre. Unos dicen que era porque originalmente consistía en tres mil soldados; otros, porque estaba compuesto de arcabuceros, mosqueteros y piqueros.

[30] *podías*: la príncipe dice «podais», por error.

TODOS.   ¡Vítor[31] nuestro capitán!
CAPITÁN.   Ya está hecho el alojamiento;[32]
                el comisario irá dando
                boletas[33] como llegando   155
                fueren.
CHISPA.   Hoy saber intento
                por qué dijo, voto a tal,
                aquella jacarandina:
                «Huéspeda, máteme una gallina;
                que el carnero me hace mal».[34]   160

                Vanse todos y quede[n] el CAPITÁN
                y [el] SARGENTO.

CAPITÁN.   Señor sargento, ¿ha guardado
                las boletas para mí,
                que me tocan?
SARGENTO.   Señor, sí.
CAPITÁN.   ¿Y dónde estoy alojado?
SARGENTO.   En la casa de un villano,   165
                que el hombre más rico es
                del lugar, de quien después
                he oído que es el más vano
                hombre del mundo, y que tiene
                más pompa y más presunción   170
                que un infante[35] de León.

---

[31] *Vítor*: ¡Viva!, del latín *victor*, «vencedor».
[32] *alojamiento*: «alogamiento» en la príncipe, por error.
[33] *boletas*: cédulas que indican dónde se van a alojar los soldados.
[34] *carnero ... gallina*: probablemente es un comentario irónico, debido
a que el carnero era una vianda fuera del alcance de un típico jaque. Aun siendo parte de una redondilla y rimando correctamente, el v. 159 tiene 10 sílabas.
[35] *infante*: hijo legítimo del rey, no heredero directo del trono. Los de León
podían presumir del más rancio abolengo.

CAPITÁN.　　¡Bien a un villano conviene,
　　　　　　rico, aquesa vanidad!

SARGENTO.　Dicen que ésta es la mejor
　　　　　　casa del lugar, señor;　　　　　　175
　　　　　　y si va a decir verdad,
　　　　　　ya la escogí para ti,
　　　　　　no tanto porque lo sea,
　　　　　　como porque en Zalamea
　　　　　　no hay tan bella mujer...

CAPITÁN.　　　　　　　　　　　Di.　　　　　180

SARGENTO.　... como una hija suya.

CAPITÁN.　　　　　　　　　Pues
　　　　　　por muy hermosa y muy vana,[36]
　　　　　　¿será más que una villana
　　　　　　con malas manos y pies?

SARGENTO.　¿Que haya en el mundo quien diga　185
　　　　　　eso?

CAPITÁN.　　　　¿Pues no, mentecato?

SARGENTO.　¿Hay más bien gastado rato
　　　　　　—a quien amor no le obliga,
　　　　　　sino ociosidad no más—
　　　　　　que el de una villana, y ver　　　190
　　　　　　que no acierta a responder
　　　　　　a propósito jamás?

CAPITÁN.　　Cosa es que [en] toda mi vida,
　　　　　　ni aun de paso me agradó;
　　　　　　porque en no mirando yo　　　　195
　　　　　　aseada y bien prendida[37]
　　　　　　una mujer, me parece
　　　　　　que no es mujer para mí.

---

[36] *vana*: en el sentido de vanidosa, presuntuosa.
[37] *prendida*: adornada, ataviada.

SARGENTO.   Pues para mí, señor, sí,
                 cualquiera que se me ofrece.   200
                 Vamos allá; que por Dios,
                 que me pienso entretener
                 con ella.

CAPITÁN.   ¿Quieres saber
                 cuál dice bien[38] de los dos?
                 El que una belleza adora   205
                 dijo, viendo a la que amó,
                 «Aquélla es mi dama», y no:
                 «Aquélla es mi labradora».
                 Luego si dama se llama
                 la que se ama, claro es ya   210
                 que en una villana está
                 vendido[39] el nombre de dama.
                 Mas ¿qué ruido es ése?   [*romance*]

SARGENTO.   Un hombre
                 que de un flaco rocinante
                 a la vuelta de esa esquina   215
                 se apeó, y en rostro y talle
                 parece aquel don Quijote,[40]
                 de quien Miguel de Cervantes
                 escribió las aventuras.

CAPITÁN.   ¡Qué figura tan notable!   220

SARGENTO.   Vamos, señor; que ya es hora.

CAPITÁN.   Lléveme el sargento antes

---

   [38] *dice bien*: tiene razón.
   [39] *vendido*: supuestamente en el sentido de «inapropiado». La lógica del capitán deja mucho que desear en esta ocasión.
   [40] *don Quijote*: se trata de un anacronismo, ya que la acción del drama ocurre en 1580 y la primera parte del *Quijote* no se publicaría hasta veinticinco años después.

a la posada la ropa,
y vuelva luego a avisarme.   *Vanse.*

Sale[n] MENDO, *hidalgo
de figura,*[41] *y* [NUÑO,] *un criado.*

MENDO.   ¿Cómo va el rucio?
NUÑO.   Rodado,[42]   225
            pues no puede menearse.
MENDO.   ¿Dijiste al lacayo, di,
            que un rato le pasease?
NUÑO.   ¡Qué lindo pienso!
MENDO.   No hay cosa
            que tanto a un bruto descanse.   230
NUÑO.   Aténgome[43] a la cebada.
MENDO.   ¿Y que a los galgos no aten,
            dijiste?
NUÑO.   Ellos se holgarán;
            mas no el carnicero.[44]
MENDO.   Baste;
            y pues que han dado las tres,   235
            cálzome palillo[45] y guantes.

---

[41] *de figura*: en términos teatrales, personaje estereotipado, ridículo y afectado. Nuño, por su parte, es el gracioso, o «figura del donaire».

[42] *Rodado*: juego de palabras basado en los dos significados de *rodado*: «bestia que tiene manchas redondas más oscuras que el color general de su pelo» (*DRAE*) y baqueteado o deteriorado, como un canto rodado. Un *rucio* es un caballo de «color pardo claro, blanquecino o canoso» (*DRAE*).

[43] *Aténgome*: Nuño opina que la cebada es mejor pienso que un paseo.

[44] *carnicero*: los galgos, a los que tampoco dan de comer, se dirigirán, una vez sueltos, a la carnicería.

[45] *cálzome palillo*: la figura del hidalgo pobre que sale a la calle con un palillo entre los dientes para dar a entender que ha comido opíparamente aparece en el tratado III del *Lazarillo de Tormes*.

NUÑO.   ¿Si te prenden el palillo
                  por palillo falso?

MENDO.   Si alguien,
                  que no he comido un faisán
                  dentro de sí imaginare,   240
                  que allá dentro de sí miente,
                  aquí y en cualquiera parte
                  le sustentaré.[46]

NUÑO.   ¿Mejor
                  no sería sustentarme
                  a mí que al otro; que, en fin,   245
                  te sirvo?

MENDO.   ¡Qué necedades!
                  En efeto, ¿que han entrado
                  soldados aquesta tarde
                  en el pueblo?

NUÑO.   Sí, señor.

MENDO.   Lástima da el villanaje   250
                  con los huéspedes que espera.

NUÑO.   Más lástima da y más grande
                  con lo que no espera[n]...[47]

MENDO.   ¿Quién?

NUÑO.   La hidalguez; y no te espante,
                  que si no alojan, señor,   255
                  en cas[48] de hidalgos a nadie,
                  ¿por qué piensas que es?

---

[46] *sustentaré*: Don Mendo lo utiliza en el sentido de defender una opinión, pero, como vemos en la siguiente frase, Nuño lo entiende en el sentido más usual de dar de comer a alguien.

[47] *espera[n]*: la príncipe dice «espera», pero el antecedente de este verbo no es el villanaje, sino los huéspedes; es decir, los soldados no esperan que los hidalgos [la hidalguez] los alojen en sus casas.

[48] *cas*: apócope de *casa*, para que el verso sea octosilábico.

MENDO.	¿Por qué?
NUÑO.	Porque no se mueran de hambre.
MENDO.	En buen descanso esté el alma
	de mi buen señor y padre,
	pues, en fin, me dejó una
	ejecutoria tan grande,
	pintada de oro y azul,
	exención de mi linaje.
NUÑO.	Tomáramos que dejara
	un poco del oro aparte.
MENDO.	Aunque si reparo en ello,
	y si va a decir verdades,
	no tengo que agradecerle
	de que hidalgo me engendrase;
	porque yo no me dejara
	engendrar, aunque él porfiase,
	si no fuera de un hidalgo,
	en el vientre de mi madre.
NUÑO.	Fuera de saber difícil.
MENDO.	No fuera sino muy fácil.
NUÑO.	¿Cómo, señor?
MENDO.	Tú, en efeto,
	filosofía no sabes,
	y así ignoras los principios.
NUÑO.	Sí, mi señor, y los antes
	y postres, desde que como
	contigo; y es que, al instante,
	mesa divina[49] es tu mesa,
	sin medios, postres, ni antes.
MENDO.	Yo no digo esos principios.
	Has de saber que el que nace,

260

265

270

275

280

285

---

[49] *mesa divina*: sin principio ni fin.

	sustancia es del alimento	
	que antes comieron sus padres.	
NUÑO.	¿Luego tus padres comieron?	
	Esa maña no heredaste.	290
MENDO.	Eso después se convierte	
	en su propia carne y sangre;	
	luego si hubiera comido	
	el mío cebolla, al instante	
	me hubiera dado el olor,	295
	y hubiera dicho yo: «¡Tate!,[50]	
	que no me está bien hacerme	
	de excremento[51] semejante».	
NUÑO.	Ahora digo que es verdad...	
MENDO.	¿Qué?	
NUÑO.	... que adelgaza la hambre[52]	300
	los ingenios.	
MENDO.	Majadero,	
	¿téngola yo?	
NUÑO.	No te enfades;	
	que si no la tienes, puedes	
	tenerla, pues de la tarde	
	son ya las tres, y no hay greda[53]	305
	que mejor las manchas saque	
	que tu saliva y la mía.	
MENDO.	Pues ésa, ¿es causa bastante	
	para tener hambre yo?	
	Tengan hambre los gañanes;	310
	que no somos todos unos;	

---

[50] *¡Tate!*: ¡Cuidado!

[51] *excremento*: residuo o sustancia.

[52] *la hambre*: no hay sinalefa aquí, para que el verso sea octosilábico.

[53] *greda*: arcilla arenosa que sirve para desengrasar y quitar manchas.

que a un hidalgo no le hace
falta el comer.

NUÑO.   ¡Oh, quién fuera
hidalgo!

MENDO.   Y más no me hables
desto, pues ya de Isabel   315
vamos entrando en la calle.

NUÑO.   ¿Por qué, si de Isabel eres
tan firme y rendido amante,
a su padre no la pides?
Pues con esto tú y su padre   320
remediaréis de una vez
entrambas necesidades;
tú comerás, y él hará
hidalgos sus nietos.

MENDO.   No hables
más, [Nuño,]⁵⁴ calla. ¿Dineros   325
tanto habían de postrarme
que a un hombre, llano⁵⁵ por fuerza,
había de admitir?

NUÑO.   Pues antes
pensé que ser hombre llano,
para suegro, era importante;   330
pues de otros dicen que son
tropezones en que caen
los yernos. Y si no has

---

⁵⁴ *Nuño*: este verso de la príncipe tiene solamente seis sílabas. Corrijo el error, como hacen otros editores, añadiendo el nombre de Nuño.

⁵⁵ *llano*: es decir, no noble, «que no disfruta de privilegios propios de una clase acomodada» (*DRAE*). Pero Nuño, en el v. 329, utiliza el vocablo en el sentido de persona «sencilla, sin presunción» (*DRAE*) y, en el v. 332, en el sentido de «igual y extendido, sin altos ni bajos» para contrastar a los suegros llanos con los suegros tropezones.

	de casarte, ¿por qué haces	
	tantos extremos de amor?	335
MENDO.	¿Pues no hay, sin que yo me case,	
	Huelgas en Burgos[56] adonde	
	llevarla cuando me enfade?[57]	
	Mira si acaso la ves.	
NUÑO.	Temo, si acierta a mirarme	340
	Pero[58] Crespo...	
MENDO.	¿Qué ha de hacer,[59]	
	siendo mi crïado, nadie?	
	Haz lo que manda tu amo.	
NUÑO.	Sí haré, aunque no he de sentarme	
	con él a la mesa.[60]	
MENDO.	Es proprio	345
	de los que sirven, refranes.	
NUÑO.	Albricias, que con su prima	
	Inés, a la reja sale.[61]	
MENDO.	Di que por el bello oriente,	
	coronado de diamantes,	350
	hoy, repitiéndose el sol,	
	amanece por la tarde.[62]	

---

[56] *Huelgas en Burgos*: Santa María de las Huelgas, monasterio cisterciense fundado por Alfonso VIII de Castilla donde solían refugiarse las doncellas de alta alcurnia que eran deshonradas y abandonadas por sus amantes.

[57] *me enfade*: me harte de ella.

[58] *Pero*: apócope usual en tiempos medievales, como en el caso del mítico Pero Grullo o del histórico don Pero Niño (1378-1453).

[59] *hacer*: hacer[te].

[60] *a la mesa*: el refrán dice: «Haz lo que tu amo te manda y te sentarás con él a la mesa».

[61] *a la reja*: como dice la acotación (v. 353), Isabel e Inés salen «*a la ventana*», simulada en el primer corredor del fondo del tablado.

[62] *amanece por la tarde*: Isabel (el sol) aparece por un oriente coronado de estrellas, ya que está anocheciendo.

Salen a la ventana ISABEL *y* INÉS, *labradoras.*

INÉS.	Asómate a esa ventana,
	prima, así el cielo te guarde;
	verás los soldados que entran 355
	en el lugar.
ISABEL.	No me mandes
	que a la ventana me ponga
	estando ese hombre en la calle,
	Inés, pues ya en cuánto el verle
	en ella me ofende[63] sabes. 360
INÉS.	En notable tema[64] ha dado
	de servirte y festejarte.
ISABEL.	No soy más dichosa yo.
INÉS.	A mi parecer, mal haces
	de hacer sentimiento desto. 365
ISABEL.	Pues ¿qué había de hacer?
INÉS.	Donaire.[65]
ISABEL.	¿Donaire de los disgustos?
MENDO.	Hasta aqueste mismo instante,
	jurara yo, a fe de hidalgo
	—que es juramento inviolable—, 370
	que no había amanecido;
	mas ¿qué mucho que lo extrañe,
	hasta que, [a] vuestras auroras,[66]
	segundo día les sale?

---

[63] *ofende*: la príncipe dice «ofendes», por error.

[64] *tema*: «idea fija en que alguien se obstina» (*DRAE*).

[65] *Donaire*: «burlarse de ello con gracia» (*DRAE*).

[66] [*a*] *vuestras auroras*: la alambicada frase de don Mendo se puede interpretar de esta manera: «no es sorprendente que, hasta que he visto la luz (aurora) que sale de vuestros ojos, creyera que había amanecido por la tarde».

ISABEL.	Ya os he dicho muchas veces,	375
	señor Mendo, cuán en balde	
	gastáis finezas de amor,	
	locos extremos de amante	
	haciendo todos los días	
	en mi casa y en mi calle.	380
MENDO.	Si las mujeres hermosas	
	supieran cuánto las hacen	
	más hermosas el enojo,	
	el rigor, desdén y ultraje,	
	en su vida gastarían	385
	más afeite[67] que enojarse.	
	Hermosa estáis, por mi vida.	
	Decid, decid más pesares.	
ISABEL.	Cuando no baste el decirlos,	
	don Mendo, el hacerlos baste	390
	de aquesta manera. Inés,	
	éntrate allá dentro y dale	
	con la ventana en los ojos.	*Vase.*
INÉS.	Señor caballero andante,	
	que de aventurero entráis	395
	siempre en lides semejantes,	
	porque de mantenedor[68]	
	no es para vos tan fácil,	
	amor os provea.	*Vase.*
MENDO.	Inés...	
	Las hermosuras se salen	400
	con cuanto ellas quieren, Nuño.	

---

[67] *afeite*: cosméticos.

[68] *mantenedor*: el que sostiene un torneo o una justa. Inés lo usa también, despectivamente, para señalar la pobreza de don Mendo, que no puede mantener, o sustentar, ni a él, ni a su criado, ni a su caballo.

NUÑO.   ¡Oh qué desairados nacen
                 todos los pobres!

                 Sale PEDRO CRESPO, *labrador.*

CRESPO.   [*Aparte.*]   (¡Que nunca
                 entre y salga yo en mi calle,
                 que no vea a este hidalgote   405
                 pasearse en ella muy grave!)
NUÑO.   [*Aparte a su amo.*]
                 (Pedro Crespo viene aquí.)
MENDO.   [*Aparte a* NUÑO.]
                 (Vamos por estotra parte,
                 que es villano malicioso.)

                 Sale JUAN, *su hijo.*

JUAN.   [*Aparte.*]
                 (¡Que siempre que venga, halle   410
                 esta fantasma en mi puerta,
                 calzado de frente y guantes!)⁶⁹
NUÑO.   [*Aparte a su amo.*]
                 (Pero acá viene su hijo.)
MENDO.   [*Aparte a* NUÑO.]
                 (No te turbes ni embaraces.)
CRESPO.   [*Aparte.*]
                 (Mas Juanico viene aquí.)   415
JUAN.   [*Aparte.*]
                 (Pero aquí viene mi padre.)
MENDO.   [*Aparte a* NUÑO.]
                 (Disimula.) Pedro Crespo,
                 Dios os guarde.

----

⁶⁹ *calzado de frente y guantes*: con sombrero y guantes puestos.

CRESPO.   Dios os guarde.

Vanse DON MENDO *y* NUÑO.

CRESPO.   [*Aparte.*]
               (Él ha dado en porfiar,
               y alguna vez he de darle   420
               de manera que le duela.)
JUAN.   [*Aparte.*]
               (Algún día he de enojarme.)
               ¿De adónde bueno, señor?
CRESPO.   De las eras; que esta tarde
               salí a mirar la labranza,   425
               y están las parvas[70] notables
               de manojos y montones,
               que parecen al mirarse
               desde lejos montes de oro;
               y aun oro de más quilates,   430
               pues de los granos de aquéste
               es todo el cielo el contraste.[71]
               Allí el bielgo, hiriendo a soplos
               el viento en ellos süave,
               deja en esta parte el grano   435
               y la paja [en] la otra parte;
               que aun allí lo más humilde
               da el lugar a lo más grave.
               ¡Oh, quiera Dios que en las trojes[72]

---

[70] *parvas*: mies tendida en la era para trillarla. Como ya se indicó en la Introducción, Calderón traslada la acción del drama al mes de agosto (véase v. 1081), aunque la ocupación de Portugal ocurrió a comienzos de junio.

[71] *contraste*: oficial que pesaba monedas de oro y plata para determinar su peso y quilates.

[72] *trojes*: graneros para cereales.

	yo llegue a encerrallo, antes	440
	que algún turbión me lo lleve,	
	o algún viento me las tale![73]	
	Tú, ¿qué has hecho?	
JUAN.	No sé cómo	
	decirlo sin enojarte.	
	A la pelota[74] he jugado	445
	dos partidos esta tarde,	
	y entrambos los he perdido.	
CRESPO.	Haces bien, si lo[75] pagaste.	
JUAN.	No los pagué; que no tuve	
	dineros para ello; antes	450
	vengo a pedirte, señor...	
CRESPO.	Pues escucha antes de hablarme.	
	Dos cosas no has de hacer nunca:	
	no ofrecer lo que no sabes	
	que has de cumplir, ni jugar	455
	más de lo que está delante;[76]	
	porque, si por accidente	
	falta, tu opinión[77] no falte.	
JUAN.	El consejo es como tuyo,	
	y por tal debo estimarle;	460
	y he de pagarte con otro:	
	en tu vida no has de darle	

[73] *tale*: además de «cortar árboles», *talar* también significa «arrasar campos» (*DRAE*).

[74] *pelota*: el pacato moralista Juan de Zabaleta, que también escribía comedias, dedica un apartado de *El día de fiesta por la tarde* (Madrid, María de Quiñones, 1660) a este juego de pala, parecido a la pelota vasca, en el que tanto jugadores como espectadores podían apostar.

[75] *lo*: así en la príncipe. No es necesario cambiarlo al plural. Crespo quiere decir que su hijo no hizo mal si pagó lo que debía.

[76] *lo que está delante*: el dinero que se deposita en el pote de apuestas.

[77] *opinión*: «fama o concepto en que se tiene a alguien» (*DRAE*).

consejo al que ha menester
dinero.

CRESPO.   ¡Bien te vengaste!

Sale el SARGENTO.

SARGENTO.   ¿Vive Pedro Crespo aquí?   465
CRESPO.   ¿Hay algo que usté le mande?
SARGENTO.   Traer a [su]⁷⁸ casa la ropa
             de don Álvaro de Ataide,⁷⁹
             que es el capitán de aquesta
             compañía que esta tarde   470
             se ha alojado en Zalamea.
CRESPO.   No digáis más, esto baste;
             que para servir al rey,
             y al rey en sus capitanes,
             están mi casa y mi hacienda.   475
             Y en tanto que se le hace
             el aposento, dejad
             la ropa en aquella parte,
             y id a decirle que venga,
             cuando su merced mandare,   480
             a que se sirva de todo.
SARGENTO.   Él vendrá luego al instante.   *Vase.*
JUAN.   ¿Que quieras, siendo tú rico,
             vivir a estos hospedajes
             sujeto?
CRESPO.   Pues ¿cómo puedo   485
             excusarlos, ni excusarme?

---

⁷⁸ *su*: sin el posesivo, el verso tendría solamente siete sílabas.
⁷⁹ *Álvaro de Ataide*: personaje histórico. Véase la Introducción.

JUAN.	Comprando una ejecutoria.[80]
CRESPO.	Dime, por tu vida, ¿hay alguien

           que no sepa que yo soy,

           si bien de limpio linaje,[81]   490

           hombre llano? No, por cierto;

           pues ¿qué gano yo en comprarle

           una ejecutoria al rey,

           si no le compro la sangre?

           ¿Dirán entonces que soy   495

           mejor que ahora? No, es dislate.

           Pues ¿qué dirán? Que soy noble

           por cinco o seis mil reales.

           Y esto es dinero, y no es honra;

           que honra no la compra nadie.   500

           ¿Quieres, aunque sea trivial,

           un ejemplillo escucharme?

           Es calvo un hombre mil años,

           y al cabo dellos se hace

           una cabellera.[82] Éste,   505

           en opiniones vulgares,

           ¿deja de ser calvo? No.

           Pues ¿qué dicen al mirarle?:

           «¡Bien puesta la cabellera

           trae Fulano!». Pues ¿qué hace,   510

           si, aunque no le vean la calva,

           todos que la tiene saben?

---

[80] *ejecutoria*: «título o diploma en que consta legalmente la nobleza o hidalguía de una persona o familia» (*DRAE*). La venta de estos títulos comenzó en tiempos de Carlos V. En 1628, en tiempos de Felipe IV, se pusieron a la venta 100 hidalguías a 4.000 ducados cada una.

[81] *de limpio linaje*: sin antepasados musulmanes ni judíos.

[82] *cabellera*: peluca.

JUAN.	Enmendar su vejación,
	remediarse de su parte,
	y redimir vejaciones 515
	del sol, del hielo, y del aire.
CRESPO.	Yo no quiero honor postizo
	que el defecto ha de dejarme
	en casa.[83] Villanos fueron
	mis abuelos y mis padres; 520
	sean villanos mis hijos.
	Llama a tu hermana.
JUAN.	Ella sale.

Sale[n] ISABEL y INÉS.

CRESPO.	Hija, el rey nuestro señor,
	que el cielo mil años guarde,
	va a Lisboa,[84] porque en ella 525
	solicita coronarse
	como legítimo dueño;
	a cuyo efecto, marciales
	tropas caminan con tantos
	aparatos militares; 530

---

[83] *honor postizo / que el defecto ha de dejarme / en casa*: el sentido de esta frase no es evidente. La príncipe inserta una coma después de «postizo». Con la coma, la frase sugiere que el honor postizo (el defecto) obligaría a Crespo a permanecer encerrado en su casa por vergüenza, lo cual no tiene mucho sentido ni concuerda con el carácter del personaje. Sin la coma, las palabras de Crespo quieren decir que el «defecto» de carácter que supone, para él, comprar la ejecutoria de nobleza depositaría un honor postizo en su casa: «no quiero [el] honor postizo que el defecto ha de dejarme en casa».

[84] *Lisboa*: Felipe II heredó el reino de Portugal en 1580 tras las muertes de don Sebastián en la batalla de Alcazarquivir (agosto de 1578) y del cardenal-infante don Enrique (enero de 1580). Su llegada a la capital portuguesa acaeció el 27 de julio de 1581.

　　　　　　hasta bajar a Castilla
　　　　　　el tercio viejo de Flandes
　　　　　　con un don Lope, que dicen
　　　　　　todos que es español Marte.[85]
　　　　　　Hoy han de venir a casa　　　　　　　　535
　　　　　　soldados, y es importante
　　　　　　que no te vean; así, hija,
　　　　　　al punto has de retirarte
　　　　　　en esos desvanes, donde
　　　　　　yo vivía.[86]

ISABEL.　　　　　　　A suplicarte　　　　　　540
　　　　　　me dieses esta licencia
　　　　　　venía yo. Sé que el estarme
　　　　　　aquí es estar solamente
　　　　　　a escuchar mil necedades.
　　　　　　En ese cuarto, mi prima　　　　　　　　545
　　　　　　y yo estaremos, que nadie,[87]
　　　　　　ni aun el sol mismo, no sepa
　　　　　　de nosotras.

CRESPO.　　　　　　　　Dios os guarde.
　　　　　　Juanico, quédate aquí;
　　　　　　recibe a huéspedes tales,　　　　　　　550
　　　　　　mientras busco en el lugar
　　　　　　algo con que regalarles.　　　　　　*Vase.*

ISABEL.　　Vamos, Inés.

---

[85] *Marte*: dios de la guerra.

[86] *desvanes, donde / yo vivía*: curioso detalle, pues no se explica en ninguna parte por qué Crespo vivió en esos desvanes. Quizás fuera su propósito asegurar al público de que Crespo no encerró a su hija en un desván polvoriento y sucio, sino en un lugar habitable.

[87] *que nadie*: la príncipe dice «sin que nadie», lo cual convierte al verso en un eneasílabo. El error puede corregirse eliminando solamente una palabra, sin necesidad de reordenar los versos.

INÉS.   Vamos, prima.
                 [*Aparte.*]
                 (Mas tengo por disparate
                 el guardar una mujer,   555
                 si ella no quiere guardarse.)   *Vanse.*

                 Sale[n] el CAPITÁN *y el* SARGENTO.

SARGENTO.   Ésta es, señor, la casa.   [*silvas*]
CAPITÁN.   Pues del cuerpo de guardia al punto pasa
              toda mi ropa.
SARGENTO.   [*Aparte.*]   (Quiero
              registrar[88] la villana lo primero.)   [*Vase.*]   560
JUAN.   Vos seáis bien venido
              a aquesta casa; que ventura ha sido
              grande venir a ella un caballero
              tan noble como en vos le considero.
              [*Aparte.*] (¡Qué galán y alentado!   565
              Envidia tengo al traje de soldado.)
CAPITÁN.   Vos seáis bien hallado.
JUAN.   Perdonaréis no estar acomodado,[89]
              que mi padre quisiera
              que hoy un alcázar esta casa fuera.   570
              Él ha ido a buscaros
              qué comáis; que desea regalaros.
              Y yo voy a que esté vuestro aposento
              aderezado.
CAPITÁN.   Agradecer intento[90]
              la merced y el cuidado.   575

---

[88] *registrar*: encontrarla registrando la casa.
[89] *acomodado*: no ser adecuada la casa para una persona de su rango.
[90] *intento*: quiero.

JUAN.   Estaré siempre a vuestros[91] pies postrado.

               Vase y sale el SARGENTO.

CAPITÁN.   ¿Qué hay, sargento? ¿Has ya visto
               a la tal labradora?
SARGENTO.   Vive Cristo
               que, con aquese intento,
               no he dejado cocina ni aposento,   580
               y que no la he topado.[92]
CAPITÁN.   Sin duda el villanchón[93] la ha retirado.
SARGENTO.   Pregunté a una criada
               por ella, y respondiome que ocupada
               su padre la tenía   585
               en ese cuarto alto, y que no había
               de bajar nunca acá; que es muy celoso.
CAPITÁN.   ¿Qué villano no ha sido malicioso?
               De mí digo que si hoy aquí la viera,
               caso della no hiciera;   590
               y sólo porque el viejo la ha guardado,
               deseo, vive Dios, de entrar me ha dado
               donde está.
SARGENTO.   Pues ¿qué haremos
               para que allá, señor, con causa entremos
               sin dar sospecha alguna?   595
CAPITÁN.   Sólo por tema[94] la he de ver, y una
               industria[95] he de buscar.

---

[91] *vuestros*: la príncipe dice «essos», lo cual convierte al verso en un decasílabo. La forma usual de respeto es «a vuestros pies».

[92] *topado*: la príncipe dice «tocado», por error.

[93] *villanchón*: villano grosero.

[94] *tema*: por llevarle la contraria. Cfr. v. 361.

[95] *industria*: «maña y destreza o artificio para hacer algo» (*DRAE*).

SARGENTO.   Aunque no sea
            de mucho ingenio[96] para quien la vea
            hoy, no importará nada,
            que con eso será más celebrada.   600
CAPITÁN.   Óyela, pues, agora.
SARGENTO.   Di ¿qué ha sido?
CAPITÁN.   Tú has de fingir... Mas no; pues que
                                            [ha venido
            este soldado, que es más despejado,
            él fingirá mejor lo que he trazado.

            Salen REBOLLEDO *y [la]* CHISPA
            [*que hablan aparte*].

REBOLLEDO. (Con este intento vengo   605
            a hablar al capitán, por ver si tengo
            dicha en algo.)
CHISPA.   (Pues háblale de modo
            que le obligues; que, en fin, no ha de
                                            [ser todo
            desatino y locura.)
REBOLLEDO. (Préstame un poco tú de tu cordura.)   610
CHISPA.   (Poco y mucho podiera.)
REBOLLEDO. (Mientras hablo con él, aquí me espera.)
            [*Al* CAPITÁN.]
            Yo vengo a suplicarte...
CAPITÁN.   [*Al* SARGENTO.]   En cuanto puedo
            ayudaré, por Dios, a Rebolledo,

---

⁹⁶ *ingenio*: modifico la puntuación usual de esta frase para que signifique: «aunque no parezca muy ingeniosa a quien la vea hoy, no importa, pues aun así será más celebrada». La alternativa consiste en insertar la coma después de «ingenio» para que la frase diga: «con tal de verla [a Isabel], no importa que [la industria] no sea muy ingeniosa».

	porque me ha aficionado	615
	su despejo y su brío.	
SARGENTO.	Es gran soldado.	
CAPITÁN.	[*A* REBOLLEDO.]	
	Pues ¿qué hay que se le ofrezca?	
REBOLLEDO.	Yo he perdido	

porque me ha aficionado   615
su despejo y su brío.

SARGENTO.   Es gran soldado.

CAPITÁN.   [*A* REBOLLEDO.]
                Pues ¿qué hay que se le ofrezca?

REBOLLEDO.   Yo he perdido
                cuanto dinero tengo y he tenido
                y he de tener, porque de pobre juro
                en presente, pretérito y futuro.   620
                Hágaseme merced de que, por vía
                de ayudilla de costa,[97] aqueste día
                el alférez me dé...

CAPITÁN.   Diga, ¿qué intenta?

REBOLLEDO.   ... el juego del boliche[98] por mi cuenta;
                que soy hombre cargado   625
                de obligaciones, y hombre, al fin, honrado.

CAPITÁN.   Digo que eso es muy justo,
                y el alférez sabrá que éste es mi gusto.

CHISPA.   [*Aparte.*]
                (Bien le habla el capitán. ¡Oh, si me viera
                llamar de todos ya la bolichera!)   630

REBOLLEDO.   Darele ese recado.

CAPITÁN.   Oye, primero
                que le lleves. De ti fiarme quiero
                para cierta invención que he imaginado,
                con que salir intento de un cuidado.

REBOLLEDO.   Pues ¿qué es lo que se aguarda?   635
                Lo que tarda en saberse es lo que tarda
                en hacerse.

---

[97] *ayudilla de costa*: remuneración, además del sueldo.

[98] *boliche*: juego de azar que utiliza unas bolas que se introducen por unos cañoncillos dispuestos en una mesa.

CAPITÁN.   Escúchame. Yo intento
                    subir a ese aposento,
                    por ver si en él una persona habita
                    que de mí hoy esconderse solicita.   640

REBOLLEDO.   Pues ¿por qué no le subes?

CAPITÁN.   No quisiera
                    sin que alguna color[99] para esto hubiera,
                    por disculparlo más; y así, fingiendo
                    que yo riño contigo, has de irte huyendo
                    por ahí arriba. Yo entonces, enojado,   645
                    la espada sacaré; tú, muy turbado,
                    has de entrarte hasta donde
                    esta persona que busqué se esconde.

REBOLLEDO.   Bien informado quedo.

CHISPA.   [*Aparte.*]
                    (Pues habla el capitán con Rebolledo   650
                    hoy de aquella manera,
                    desde hoy me llamarán la bolichera.)

REBOLLEDO.   ¡Voto a Dios, que han tenido
                    esta ayuda de consta[100] que he pedido
                    un ladrón, un gallina y un cuitado![101]   655
                    Y agora que la pide un hombre honrado,
                    ¡no se la dan!

CHISPA.   [*Aparte.*]   (Ya empieza su tronera.)[102]

CAPITÁN.   Pues ¿cómo me habla a mí desa manera?

REBOLLEDO.   ¿No tengo de enojarme
                    cuando tengo razón?

CAPITÁN.   No, ni ha de hablarme.   660

---

[99] *color*: «pretexto, motivo, razón aparente» (*DRAE*).

[100] *consta*: no creo que se trate de una errata (por «costa»), sino de la mala
pronunciación de Rebolledo.

[101] *un gallina y un cuitado*: un cobarde y un apocado.

[102] *tronera*: derivado de trueno, a dar voces.

	Y agradezca que sufro aqueste exceso.	
REBOLLEDO.	Ucé es mi capitán; sólo por eso	
	callaré; más, por Dios, que si yo hubiera	
	la bengala[103] en mi mano...	
CAPITÁN.	¿Qué me hiciera?	
CHISPA.	[*Aparte.*]	
	(¡Tente, señor! Su muerte considero.)	665
REBOLLEDO.	... que me hablara mejor.	
CAPITÁN.	¿Qué es lo que espero,	
	que no doy muerte a un pícaro atrevido?	
REBOLLEDO.	Huyo, por el respeto que he tenido	
	a esa insignia.	
CAPITÁN.	Aunque huyas	
	te he de matar.	
CHISPA.	[*Aparte.*] (Ya él hizo de las suyas.)	670
SARGENTO.	¡Tente, señor!	
CHISPA.	¡Escucha!	
SARGENTO.	¡Aguarda, espera!	
CHISPA.	[*Aparte.*]	
	(¡Ya no me llamarán la bolichera!)	

Éntrale acuchillando, y sale JUAN
con espada, y PEDRO CRESPO.

JUAN.	¡Acudid todos presto!	
CRESPO.	¿Qué ha sucedido aquí?	
JUAN.	¿Qué ha sido aquesto?	
CHISPA.	Que la espada ha sacado	675
	el capitán aquí para un soldado;	
	y, esa escalera arriba,	
	sube tras él.	

---

[103] *bengala*: bastón de mando militar.

CRESPO.	[*Aparte.*] (¿Hay suerte más esquiva?)
CHISPA.	¡Subir todos tras él!
JUAN.	[*Aparte.*] (Acción fue vana

esconder a mi prima y a mi hermana.)   680

Éntranse[104] *y salen* REBOLLEDO,
huyendo, y ISABEL *y* INÉS.

REBOLLEDO. Señoras, si siempre ha sido   [*romance*]
sagrado el que es templo, hoy
sea mi sagrado[105] aquéste,
pues es templo del amor.

ISABEL. ¿Quién a vos desa manera   685
os obliga?

INÉS.   ¿Qué ocasión
tenéis de entrar hasta aquí?

ISABEL. ¿Quién os sigue o busca?

Sale[n] *el* CAPITÁN *y* [*el*] SARGENTO.

CAPITÁN.   Yo,
que tengo de dar la muerte
al pícaro. ¡Vive Dios,   690
si pensase...!

ISABEL.   Deteneos,

---

[104] *Éntranse*: con estas entradas y salidas por las dos puertas al fondo del tablado, el dramaturgo indica, ayudado por el diálogo, que la acción se traslada al desván donde se han refugiado las dos labradoras. Es posible, pero no probable, que la acción de esta última escena se desarrollase en el primer corredor. No creo que fuera probable por el número de actores que tendría que apiñarse en ese estrecho corredor y por la longitud de esta última escena.

[105] *sagrado*: lugar donde podía refugiarse un delincuente, tal como una iglesia o un monasterio.

siquiera porque, señor,
vino a valerse de mí;
que los hombres como vos
han de amparar las mujeres,   695
si no por lo que ellas son,[106]
porque son mujeres; que esto
basta, siendo vos quien sois.

CAPITÁN.   No pudiera otro sagrado
librarle de mi furor,   700
sino vuestra gran belleza;
por ella vida le doy.
Pero mirad que no es bien,
en tan precisa ocasión,
hacer vos el homicidio   705
que no queréis que haga yo.

ISABEL.   Caballero, si cortés
ponéis en obligación
nuestras vidas, no zozobre
tan presto la intercesión.   710
Que dejéis este soldado
os suplico; pero no
que cobréis de mí la deuda
a que agradecida estoy.

CAPITÁN.   No sólo vuestra hermosura   715
es de rara perfección,
pero vuestro entendimiento
lo es también, porque hoy en vos
alianza están jurando
hermosura y discreción.   720

---

[106] *por lo que ellas son*: Isabel es consciente de que, por su condición social, no merece la protección de un noble; pero sí la merece por ser mujer.

Salen PEDRO CRESPO *y* JUAN,
las espadas desnudas.

CRESPO.   ¿Cómo es eso, caballero?
               ¿Cuando pensó mi temor
               hallaros matando un hombre
               os hallo...
ISABEL.   [*Aparte.*]   (¡Válgame Dios!)
CRESPO.   ... requebrando una mujer?   725
               Muy noble, sin duda, sois,
               pues que tan presto se os pasan
               los enojos.
CAPITÁN.   Quien nació
               con obligaciones, debe
               acudir a ellas; y yo,   730
               al respeto de esta dama,
               suspendí todo el furor.
CRESPO.   Isabel es hija mía,
               y es labradora, señor,
               que no dama.
JUAN.   [*Aparte.*]   (¡Vive el cielo,   735
               que todo ha sido invención
               para haber entrado aquí!
               Corrido en el alma estoy
               de que piensen que me engañan,
               y no ha de ser). Bien, señor   740
               capitán, pudierais ver
               con más segura atención
               lo que mi padre desea
               hoy serviros, para no
               haberle hecho este disgusto.   745
CRESPO.   ¿Quién os mete en eso a vos,
               rapaz? ¿Qué disgusto ha habido?

	Si el soldado le enojó,
	¿no había de ir tras él?[107]
	Mi hija os estima el favor 750
	del haberle perdonado,
	y el de su respeto yo.
CAPITÁN.	Claro está que no habrá sido
	otra causa, y ved mejor
	lo que decís.
JUAN.	Yo lo veo 755
	muy bien.
CRESPO.	Pues ¿cómo habláis vos
	así?
CAPITÁN.	Porque estáis delante,
	más castigo no le doy
	a este rapaz.
CRESPO.	Detened,
	señor capitán; que yo 760
	puedo tratar a mi hijo
	como quisiere, y vos no.
JUAN.	Y yo sufrirlo a mi padre,
	mas a otra persona, no.
CAPITÁN.	¿Qué habías[108] de hacer?
JUAN.	Perder 765
	la vida por la opinión.
CAPITÁN.	¿Qué opinión tiene un villano?
JUAN.	Aquella misma que vos;
	que no hubiera un capitán
	si no hubiera un labrador. 770

---

[107] *no había de ir tras él?*: este verso es octosilábico si hacemos hiato en «habí-a» y «de-ir». Otros editores cambian la lectura a: «¿no había de ir tras él? Mi hija / estima mucho el favor».

[108] *habías*: es necesario hacer hiato en «habí-as» para que el verso sea octosilábico.

CAPITÁN. ¡Vive Dios, que ya es bajeza
          sufrirlo!

CRESPO.   Ved que yo estoy
          de por medio.

Sacan las espadas.

REBOLLEDO.   ¡Vive Cristo,
          Chispa, que ha de haber hurgón![109]

CHISPA.   ¡Aquí del cuerpo de guardia!   775

REBOLLEDO. ¡Don Lope! Ojo avizor.

Sale DON LOPE, *con hábito*[110]
muy galán y bengala [*y soldados*].

DON LOPE. ¿Qué es aquesto? ¿La primera
          cosa que he de encontrar hoy,
          acabado de llegar,
          ha de ser una quistión?   780

CAPITÁN. [*Aparte.*]
          (¡A qué mal tiempo don Lope
          de Figueroa llegó!)

CRESPO.   [*Aparte.*]
          (Por Dios que se las tenía
          con todos el rapagón).[111]

DON LOPE. ¿Qué ha habido? ¿Qué ha sucedido?   785
          Hablad, porque ¡voto a Dios,

---

[109] *hurgón*: estocada. El hurgón es un instrumento de hierro para remover y atizar la lumbre, pero también se usaba en el sentido de «estoque».

[110] *hábito*: con el hábito de la Orden de Santiago, a la cual pertenecía.

[111] *rapagón*: «mozo joven a quien todavía no ha salido la barba, y parece que está como rapado» (*DRAE*).

que a hombres, mujeres y casa
eche por un corredor!
¿No me basta haber subido
hasta aquí con el dolor   790
desta pierna, que los diablos
llevaran, amén, sino
no decirme: «aquesto ha sido»?

CRESPO.   Todo esto es nada, señor.

DON LOPE.   Hablad, decid la verdad.   795

CAPITÁN.   Pues es que alojado estoy
en esta casa; un soldado...

DON LOPE.   Decid.

CAPITÁN.   ... ocasión me dio
a que sacase con él
la espada; hasta aquí se entró   800
huyendo; entreme tras él
donde estaban esas dos
labradoras; y su padre,
o su hermano, o lo que son,
se han disgustado de que   805
entrase hasta aquí.

DON LOPE.   Pues yo
a tan buen tiempo he llegado,
satisfaré a todos hoy.
¿Quién fue el soldado, decid,
que a su capitán le dio   810
ocasión de que sacase
la espada?

REBOLLEDO.   [*Aparte.*]   (¿Que pago yo
por todos?)

ISABEL.   Aqueste fue
el que huyendo hasta aquí entró.

DON LOPE.	Denle dos tratos de cuerda.[112]	815
REBOLLEDO.	¿Tras... qué me han de dar, señor?	
DON LOPE.	Tratos de cuerda.	
REBOLLEDO.	Yo hombre	
	de aquesos tratos no soy.	
CHISPA.	[*Aparte.*]	
	(Desta vez me le estropean.)	
CAPITÁN.	[*Aparte a* REBOLLEDO.]	
	(¡Ah, Rebolledo!, por Dios,	820
	que nada digas; yo haré	
	que te libren.)	
REBOLLEDO.	[*Aparte al* CAPITÁN.]	
	(¿Cómo no	
	lo he de decir, pues si callo	
	los brazos me pondrán hoy	
	atrás, como mal soldado?)	825
	El capitán me mandó	
	que fingiese la pendencia,	
	para tener ocasión	
	de entrar aquí.	
CRESPO.	Ved agora	
	si hemos tenido razón.	830
DON LOPE.	No tuvisteis para haber	
	así puesto en ocasión	
	de perderse este lugar.	
	—¡Hola!, echa un bando, tambor,	
	que al cuerpo de guardia vayan	835
	los soldados cuantos son,	
	y que no salga ninguno,	

---

[112] *tratos de cuerda*: tormento que se solía dar atando las manos por detrás al reo y colgándole por ellas de una cuerda para dejarle después caer sin llegar a tocar la tierra.

pena de muerte, en todo hoy.
—Y para que no quedéis
con aqueste empeño vos, 840
y vos con este disgusto,
y satisfechos los dos,
buscad otro alojamiento
que yo en esta casa estoy
desde hoy alojado en tanto 845
que a Guadalupe no voy,
donde está el rey.

CAPITÁN.   Tus preceptos[113]
órdenes precisas son
para mí.

[*Vanse el* CAPITÁN, *y los suyos*.]

CRESPO.   Entraos allá dentro.

[*Vanse* ISABEL, INÉS *y* JUAN.]

CRESPO.   Mil gracias, señor, os doy 850
por la merced que me hicisteis
de excusarme una ocasión
de perderme.
DON LOPE.   ¿Cómo habíais,
decid, de perderos vos?
CRESPO.   Dando muerte a quien pensara 855
ni aun el agravio menor...
DON LOPE.   ¿Sabéis, voto a Dios, que es
capitán?

---

[113] *preceptos*: un precepto es una orden de un superior, pero quizás la redundancia en la respuesta del capitán sea reflejo de su nerviosismo.

CRESPO.   Sí, voto a Dios;
                        y aunque fuera él general,
                        en tocando a mi opinión,   860
                        le matara.

DON LOPE.   A quien tocara,
                        ni aun al soldado menor,
                        sólo un pelo de la ropa,
                        por vida del cielo, yo
                        le ahorcara.

CRESPO.   A quien se atreviera   865
                        a un átomo[114] de mi honor,
                        por vida también del cielo,
                        que también le ahorcara yo.

DON LOPE.   ¿Sabéis que estáis obligado
                        a sufrir, por ser quien sois,   870
                        estas cargas?

CRESPO.   Con mi hacienda,
                        pero con mi fama, no;
                        al rey, la hacienda y la vida
                        se ha de dar; pero el honor
                        es patrimonio del alma,   875
                        y el alma sólo es de Dios.

DON LOPE.   ¡Juro a Cristo, que parece
                        que vais teniendo razón!

CRESPO.   Sí, juro a Cristo, porque
                        siempre la he tenido yo.   880

DON LOPE.   Yo vengo cansado, y esta
                        pierna, que el diablo me dio,
                        ha menester descansar.

CRESPO.   Pues ¿quién os dice que no?
                        Ahí me dio el diablo una cama,   885

---

[114] *átomo*: la príncipe dice «atamo», por error.

                    y servirá para vos.
DON LOPE.   ¿Y diola hecha el diablo?
CRESPO.   Sí.
DON LOPE.   Pues a deshacerla voy;
                    que estoy, voto a Dios, cansado.
CRESPO.   Pues descansad, voto a Dios.   890
DON LOPE.   [*Aparte.*]
                    (Testarudo es el villano;
                    tan bien jura como yo.)
CRESPO.   [*Aparte.*]
                    (Caprichudo[115] es el don Lope;
                    no haremos migas los dos.)

---

[115] *Caprichudo*: la príncipe dice «Caprichoso», pero «Caprichudo» parece ser la lectura correcta, no sólo por el paralelismo con «Testarudo», sino porque Crespo lo vuelve a utilizar en el v. 1393.

JORNADA SEGUNDA

[CUADRO I]
[*lugar indeterminado de Zalamea*]

Salen MENDO *y* NUÑO, *su criado.*

[*romance*]

MENDO.	¿Quién os[1] contó todo eso?	895
NUÑO.	Todo esto contó Ginesa,[2]	
	su criada.	
MENDO.	El capitán,	
	después de aquella pendencia	
	que en su casa tuvo —fuese	
	ya verdad o ya cautela—,[3]	900
	¿ha dado en enamorar	
	a Isabel?	
NUÑO.	Y es de manera,	
	que tan poco humo[4] en su casa	
	él hace como en la nuestra	

---

[1] *os*: Don Mendo siempre tutea a su criado, excepto en esta ocasión. Puede que se trate de un error.

[2] *Ginesa*: criada de Isabel (véase el v. 941).

[3] *cautela*: maña engañosa.

[4] *humo*: *hacer humo* significa «instalarse en algún lugar». Nuño lo utiliza aquí también en el sentido de hacer fuego para cocinar.

	nosotros. Él todo el día	905
	no se quita de su puerta;	
	no hay hora que no la envíe	
	recados; con ellos entra	
	y sale un mal soldadillo,	
	confidente suyo.	
MENDO.	Cesa;	910
	que es mucho veneno, mucho,	
	para que el alma lo beba	
	de una vez.	
NUÑO.	Y más no habiendo	
	en el estómago fuerzas	
	con que resistirle.	
MENDO.	Hablemos	915
	un rato, Nuño, de veras.	
NUÑO.	¡Pluguiera a Dios fueran burlas!	
MENDO.	¿Y qué le responde ella?	
NUÑO.	Lo que a ti, porque Isabel	
	es deidad hermosa y bella,	920
	a cuyo cielo no empañan[5]	
	los vapores de la tierra.	
MENDO.	¡Buenas nuevas te dé Dios!	

[*Da una manotada*[6] *a* NUÑO.]

NUÑO.	A ti te dé mal de muelas,	
	que me has quebrado dos dientes.	925

---

⁵ *empañan*: la príncipe dice «empeñan», por error.

⁶ *manotada*: se trata de una acotación implícita, que se deduce de la respuesta de Nuño. No queda claro, sin embargo, por qué le pega. Probablemente lo hace accidentalmente, reaccionando a la buena noticia de que Isabel no hace caso al capitán.

	Mas bien has hecho, si intentas	
	reformarlos,[7] por familia	
	que no sirve ni aprovecha.	
	¡El capitán!	
MENDO.	¡Vive Dios,	930
	si por el honor no fuera	
	de Isabel, que lo matara!	
NUÑO.	Más mira por tu cabeza.[8]	

Sale[n] el CAPITÁN, [*el*] SARGENTO
y REBOLLEDO.

MENDO.	[*Aparte a* NUÑO.]	
	(Escucharé retirado.	
	Aquí a esta parte te llega.)	
CAPITÁN.	Este fuego, esta pasión,	935
	no es amor sólo, que es tema,	
	es ira, es rabia, es furor.	
REBOLLEDO.	¡Oh, nunca, señor, hubieras	
	visto a la hermosa villana	
	que tantas ansias te cuesta!	940
CAPITÁN.	¿Qué te dijo la crïada?	
REBOLLEDO.	¿Ya no sabes sus respuestas?	

[MENDO *y* NUÑO *hablan aparte.*]

MENDO.	(Esto ha de ser. Pues ya tiende	
	la noche sus sombras negras,	
	antes que [se][9] haya resuelto	945

---

[7] *reformarlos*: en el sentido de «corregir la conducta de alguien» (*DRAE*), es decir, castigándolos como se castiga a un miembro inútil de la familia.

[8] *cabeza*: «mira más por tu cabeza que por tu honor».

[9] [*se*]: sin el pronombre reflexivo, al verso le faltaría una sílaba.

	a lo mejor[10] mi prudencia,
	ven a armarme.)
NUÑO.	(¿Pues qué? ¿Tienes
	más armas,[11] señor, que aquellas
	que están en un azulejo
	sobre el marco de la puerta?) 950
MENDO.	(En mi guadarnés[12] presumo
	que hay, para tales empresas,
	algo que ponerme.)
NUÑO.	(Vamos
	sin que el capitán nos sienta.) *Vanse.*
CAPITÁN.	¡Que en una villana haya 955
	tan hidalga resistencia
	que no me haya respondido
	una palabra siquiera
	apacible!
SARGENTO.	Éstas, señor,
	no de los hombres se prendan[13] 960
	como tú; si otro villano
	la festejara y sirviera,
	hiciera más caso dél;
	fuera de que son tus quejas
	sin tiempo.[14] Si te has de ir 965
	mañana, ¿para qué intentas
	que una mujer en un día
	te escuche y te favorezca?

---

[10] *a lo mejor*: «lo mejor» es, como le dijo Nuño antes, mirar más por su cabeza que por su honor.

[11] *armas*: escudo de armas.

[12] *guadarnés*: armería.

[13] *prendan*: en la príncipe, «prendran», por error.

[14] *sin tiempo*: fuera de tiempo, intempestivas.

CAPITÁN.   En un día el sol alumbra
            y falta; en un día se trueca   970
            un reino todo; en un día
            es edificio una peña;[15]
            en un día una batalla
            pérdida y vitoria ostenta;
            en un día tiene el mar   975
            tranquilidad y tormenta;
            en un día nace un hombre
            y muere; luego pudiera
            en un día ver mi amor
            sombra y luz, como planeta;   980
            pena y dicha, como imperio;
            gente y brutos, como selva;
            paz y inquietud, como mar,
            triunfo y ruina, como guerra;
            vida y muerte, como dueño   985
            de sentidos y potencias.
            Y habiendo tenido edad[16]
            en un día su violencia
            de hacerme tan desdichado,
            ¿por qué, por qué no pudiera   990
            tener edad en un día
            de hacerme dichoso? ¿Es fuerza
            que se engendren más despacio
            las glorias que las ofensas?

SARGENTO.   Verla una vez solamente,   995
            ¿a tanto extremo te fuerza?

---

[15] *es edificio una peña*: para entender este verso hay que relacionarlo con el que le corresponde (v. 982): en un día, un salvaje (gente) o un animal (brutos) puede convertir una peña, o una cueva, en un edificio (donde vivir).

[16] *edad*: tiempo.

CAPITÁN.   ¿Qué más causa había de haber,
                llegando a verla, que verla?
                De sola una vez a incendio
                crece una breve pavesa;   1000
                de una vez sola un abismo
                fulgúreo volcán revienta;
                de una vez se enciende el rayo
                que destruye cuanto encuentra;
                de una vez escupe horror   1005
                la más reformada pieza;[17]
                de una vez amor, ¿qué mucho,
                fuego de cuatro maneras,
                mina,[18] incendio, pieza y rayo,
                postre, abrase, asombre y hiera?   1010
SARGENTO.   ¿No decías que villanas
                nunca tenían belleza?
CAPITÁN.   Y aun aquesa confianza
                me mató, porque el que piensa
                que va a un peligro, ya va   1015
                prevenido a su defensa;
                quien va a una seguridad
                es el que más riesgo lleva,
                por la novedad que halla,
                si acaso un peligro encuentra.   1020
                Pensé hallar una villana;
                si hallé una deidad, ¿no era
                preciso que peligrase
                en mi misma inadvertencia?
                En toda mi vida vi   1025
                más divina, más perfecta

---

[17] *reformada pieza*: pieza de artillería reforzada.
[18] *mina*: se refiere al volcán que revienta.

hermosura. ¡Ay, Rebolledo,
no sé qué hiciera por verla!

REBOLLEDO.   En la compañía hay soldado
que canta por excelencia.   1030
Y la Chispa, que es mi alcaida
del boliche, es la primera
mujer en jacarear.
Haya, señor, jira[19] y fiesta
y música a su ventana;   1035
que con esto podrás verla,
y aun hablarla.

CAPITÁN.   Como está
don Lope allí, no quisiera
despertarle.

REBOLLEDO.   Pues don Lope,
¿cuándo duerme, con su pierna?   1040
Fuera, señor, que la culpa,
si se entiende,[20] será nuestra,
no tuya, si de rebozo
vas en la tropa.

CAPITÁN.   Aunque tenga
mayores dificultades,   1045
pase por todas mi pena.
Juntaos todos esta noche;
mas de suerte que no entiendan
que yo lo mando. ¡Ah, Isabel,
qué de cuidados me cuestas!   1050

---

[19] *jira*: según Covarrubias, es «la comida y fiesta que se hace entre amigos, con regocijo y contento», pero como el plan de Rebolledo es dar una serenata a Isabel, aquí se utiliza más bien en el sentido de «girar» o «rondar» (véanse vv. 1214-1215).

[20] *entiende*: en el sentido de «inferir, deducir» (*DRAE*).

Va[n]se el CAPITÁN *y* [*el*] SARGENTO,
y sale [*la*] CHISPA.

CHISPA.   ¡Téngase!
REBOLLEDO.   Chispa, ¿qué es eso?
CHISPA.   Ahí un pobrete, que queda
                 con un rasguño en el rostro.
REBOLLEDO.   Pues ¿por qué fue la pendencia?
CHISPA.   Sobre hacerme alicantina[21]   1055
                 del barato[22] de hora y media
                 que estuvo echando las bolas,
                 teniéndome muy atenta
                 a si eran pares o nones.[23]
                 Canseme y dile con ésta.   1060

Saca la daga.

                 Mientras que con el barbero[24]
                 poniéndose en puntos queda,
                 vamos al cuerpo de guardia
                 que allá te daré la cuenta.
REBOLLEDO.   ¡Bueno es estar de mohína   1065
                 cuando vengo yo de fiesta!
CHISPA.   Pues ¿qué estorba el uno al otro?
                 Aquí está la castañeta,
                 ¿qué se ofrece que cantar?

---

[21] *alicantina*: «treta, astucia o malicia con que se pretende engañar» (*DRAE*).

[22] *barato*: propina. Según Covarrubias, dar barato es «sacar los que juegan del montón común, o del suyo, para dar a los que asisten o sirven al juego».

[23] *pares o nones*: si el número de puntos o tantos era par o impar, determinando así si ganaba o perdía una apuesta.

[24] *barbero*: desde la edad media, los barberos ejercían también como cirujanos, por su destreza con la navaja.

REBOLLEDO.	Ha de ser cuando anochezca,	1070
	y música más fundada.²⁵	
	Vamos, y no te detengas.	
	Anda acá al cuerpo de guardia.	
CHISPA.	Fama ha de quedar eterna²⁶	
	de mí en el mundo, que soy	1075
	Chispilla, la bolichera.	*Vanse.*

[CUADRO II]
[jardín de la casa de Crespo]

Sale[n] DON LOPE *y* PEDRO CRESPO.

CRESPO.	En este paso que está	**[romance]**
	más fresco, poned la mesa²⁷	
	al señor don Lope. Aquí	
	os sabrá mejor la cena;	1080
	que, al fin, los días de agosto²⁸	

---

²⁵ *fundada*: más seria que la que se cantaba acompañada de castañetas.

²⁶ *eterna*: la príncipe dice «entera», probablemente por error, ya que rima con «bolichera», cosa que se debe evitar en un romance. Pero la frase «fama entera» era usada en la época, por ejemplo, por Martín de Azpilcueta, el *Doctor navarrus*, en su *Tractado de alabanza y murmuración* (Valladolid, Adrián Ghemart, 1572): «aunque no se pruebe que hay fama entera en el pueblo...» (pág. 361).

²⁷ *poned la mesa*: Juan traerá la mesa en el v. 1171, pero ahora los «mozos de la comedia», o los labradores que aparecerán en la tercera jornada, sacan del vestuario algunas sillas, en las que se sentarán don Lope, primero, y luego Crespo (v. 1112) e Isabel (v. 1212).

²⁸ *agosto*: Como ya se dijo en la Introducción, la ocupación de Portugal aconteció a comienzos de junio de 1580, pero Calderón la traslada al mes de agosto.

               no tienen más recompensa
               que sus noches.

DON LOPE.   Apacible
               estancia en extremo es ésta.

CRESPO.   Un pedazo es de jardín   1085
               do mi hija[29] se divierta.
               Sentaos; que el viento süave,
               que en las blandas hojas suena
               destas parras y estas copas,[30]
               mil cláusulas lisonjeras   1090
               hace al compás desta fuente,
               cítara de plata y perlas;
               porque son, en trastes[31] de oro,
               las guijas[32] templadas cuerdas.
               Perdonad si de instrumentos   1095
               solos la música suena,[33]
               sin[34] músicos que deleiten,
               sin voces que os entretengan;
               que, como músicos son

---

[29] *mi hija*: hay que hacer hiato en «mi-hija» para que este verso sea octosílabo.

[30] *parras ... copas*: aunque este cuadro puede representarse en un tablado vacío, el decorado de jardín era uno de los más comunes en los teatros comerciales del siglo XVII (véase mi libro *La puesta en escena*, págs. 177-182).

[31] *trastes*: los resaltos colocados transversalmente en el cuello de la cítara y otros instrumentos de cuerda. La fuente es una cítara de plata porque refleja en la superficie del agua la luz de la luna; y de perlas, por el reflejo de las estrellas o por las gotas que caen de un escalón a otro.

[32] *guijas*: las piedrecitas que hay en los escalones de la fuente.

[33] *suena*: la príncipe dice «suenan», por error. La música instrumentada que suena es la de la fuente.

[34] *sin*: la príncipe dice «de», creo que por error. La frase «de instrumentos solos la música suena de músicos» no tiene sentido. Crespo, elaborando su metáfora musical, dice que la fuente produce música natural, sin necesidad de los músicos y cantores a que está acostumbrado don Lope.

1100

        los pájaros que gorjean,
        no quieren cantar de noche,
        ni yo puedo hacerles fuerza.
        Sentaos, pues, y divertid
        esta continua dolencia.[35]

DON LOPE. No podré, que es imposible   1105
        que divertimiento tenga.
        ¡Válgame Dios!

CRESPO.   ¡Valga, amén!

DON LOPE. Los cielos me den paciencia.
        Sentaos, Crespo.

CRESPO.   Yo estoy bien.

DON LOPE. Sentaos.

CRESPO.   Pues me dais licencia,   1110
        digo, señor, que obedezco,
        aunque excusarlo pudierais.   *Siéntase.*

DON LOPE. ¿No sabéis qué he reparado?
        Que ayer la cólera vuestra
        os debió de enajenar   1115
        de vos.

CRESPO.   Nunca me enajena
        a mí de mí nada.

DON LOPE.   Pues,
        ¿cómo ayer, sin que os dijera
        que os sentarais, os sentasteis
        aun en la silla primera?   1120

CRESPO.   Porque no me lo dijisteis;
        y hoy que lo decís quisiera
        no hacerlo; la cortesía,
        tenerla con quien la tenga.

DON LOPE. Ayer todo erais reniegos,   1125

---

[35] *dolencia*: alude a la pierna de don Lope (ver vv. 790-791).

       por vidas, votos y pesias;[36]
       y hoy estáis más apacible,
       con más gusto y más prudencia.
CRESPO.   Yo, señor, siempre respondo
       en el tono y en la letra   1130
       que me hablan; ayer vos
       así hablabais, y era fuerza
       que fueran de un mismo tono
       la pregunta y la respuesta.
       Demás[37] de que yo he tomado   1135
       por política discreta
       jurar con aquel que jura,
       rezar con aquel que reza.
       A todo hago compañía;
       y es aquesto de manera   1140
       que en toda la noche pude
       dormir, en la pierna vuestra
       pensando, y amanecí
       con dolor en ambas piernas;
       que por no errar la que os duele,   1145
       si es la izquierda o la derecha,
       me dolieron a mí entrambas.
       Decidme, por vida vuestra,
       cuál es y sépalo yo,
       porque una sola me duela.   1150
DON LOPE. ¿No tengo mucha razón
       de quejarme, si ha[38] ya treinta
       años que, asistiendo en Flandes[39]

---

[36] *pesias*: contracción de «pese a».
[37] *Demás*: además.
[38] *ha*: hace.
[39] *Flandes*: don Lope exagera, pues las guerras de Flandes comenzaron en 1568; es decir, doce años, y no treinta, antes de la anexión de Portugal en 1580.

	al servicio de la guerra,	
	el invierno con la escarcha,	1155
	y el verano con la fuerza	
	del sol, nunca descansé,	
	y no he sabido qué sea	
	estar sin dolor un hora?	
CRESPO.	Dios, señor, os dé paciencia.	1160
DON LOPE.	¿Para qué la quiero yo?	
CRESPO.	No os la dé.	
DON LOPE.	Nunca acá venga,	
	sino que dos mil demonios	
	carguen conmigo y con ella.	
CRESPO.	Amén, y si no lo hacen	1165
	es por no hacer cosa buena.	
DON LOPE.	¡Jesús mil veces, Jesús!	
CRESPO.	Con vos y conmigo sea.	
DON LOPE.	¡Voto a Cristo, que me muero!	
CRESPO.	¡Voto a Cristo, que me pesa!	1170

Saca la mesa JUAN.

JUAN.	Ya tienes la mesa aquí.	
DON LOPE.	¿Cómo a servirla no entran	
	mis criados?	
CRESPO.	Yo, señor,	
	dije, con vuestra licencia,	
	que no entraran a serviros,	1175
	y en mi casa no hicieran	
	prevenciones;[40] que, a Dios gracias,	

---

[40] *prevenciones*: «provisión de mantenimiento» (*DRAE*); es decir, que no se preocuparan por traerle la cena a don Lope.

                pienso que no os falte en ella
                nada.

DON LOPE.   Pues no entran criados,
                hacedme favor que venga   1180
                vuestra hija aquí a cenar
                conmigo.

CRESPO.   Dila[41] que venga
                tu hermana al instante, Juan.

                [*Vase* JUAN.]

DON LOPE.   Mi poca salud me deja
                sin sospecha en esta parte.   1185

CRESPO.   Aunque vuestra salud fuera,
                señor, la que yo os deseo,
                me dejara sin sospecha.
                Agravio hacéis a mi amor,
                que nada de eso me inquieta;   1190
                que el decirla que no entrara[42]
                aquí fue con advertencia
                de que no estuviese a oír
                ociosas impertinencias;
                que si todos los soldados   1195
                corteses como vos fueran,
                ella había de acudir
                a serviros la primera.

DON LOPE.   [*Aparte.*]
                (¡Qué ladino es el villano,

---

[41] *Dila*: laísmo, muy común en Calderón. Como dice María Teresa Echenique Elizondo, el uso del laísmo se convirtió «en predominante en autores como Calderón o Quevedo» («El sistema referencial en español antiguo: leísmo, laísmo y loísmo», *Revista de Filología Española*, vol. LXI, núm. 1.4 [1981], pág. 118.)

[42] *que no entrara*: no se refiere específicamente a este momento, sino a su intento de evitar que la vieran los soldados.

o cómo tiene prudencia!)   1200

Salen INÉS *y* ISABEL [*y* JUAN].

ISABEL.   ¿Qué es, señor, lo que [me]⁴³ mandas?
CRESPO.   El señor don Lope intenta
             honraros; él es quien llama.
ISABEL.   Aquí está una esclava vuestra.
DON LOPE.   Serviros intento yo.   1205
             [*Aparte.*]
             (¡Qué hermosura tan honesta!)
             Que cenéis conmigo quiero.
ISABEL.   Mejor es que vuestra cena
             sirvamos las dos.
DON LOPE.   Sentaos.
CRESPO.   Sentaos, haced lo que ordena   1210
             el señor don Lope.
ISABEL.   Está
             el mérito en la obediencia.   [*Siéntase.*]

Tocan guitarras [*dentro*].

DON LOPE.   ¿Qué es aquello?
CRESPO.   Por la calle
             los soldados se pasean
             cantando y bailando.
DON LOPE.   Mal   1215
             los trabajos de la guerra
             sin aquesa libertad
             se llevaran; que es estrecha
             religión la de un soldado,

---

⁴³ [*me*]: el pronombre es necesario para la correcta medida del verso.

| | y darla ensanchas⁴⁴ es fuerza. | 1220 |

JUAN.	Con todo esto, es linda vida.
DON LOPE.	¿Fuérades con gusto a ella?
JUAN.	Sí, señor, como llevara
	por amparo a vuexcelencia.
[UNO].	*Dentro.*
	Mejor se cantará aquí.
REBOLLEDO.	[*Dentro.*]
	Vaya a Isabel una letra.
	Para que despierte, tira
	a su ventana una piedra.
CRESPO.	[*Aparte.*]
	(A ventana señalada
	va la música. ¡Paciencia!)
[REBOLLEDO.]	*Canta.*

*Las flores del romero,*⁴⁵
niña Isabel,
hoy son flores azules,
y mañana serán miel.

DON LOPE.	[*Aparte.*]
	(Música, vaya; mas esto
	de tirar es desvergüenza...
	¡Y a la casa donde estoy
	venirse a dar cantaletas!⁴⁶
	Pero disimularé
	por Pedro Crespo y por ella.)
	¡Qué travesuras!

Line numbers: 1225, 1230, 1235, 1240

---

⁴⁴ *ensanchas*: «dar demasiada licencia o libertad» (*DRAE*).

⁴⁵ *Las flores del romero*: canción tradicional, bien conocida en la época, utilizada en el teatro, y famosamente glosada por Góngora.

⁴⁶ *cantaletas*: canciones, por lo general burlescas, que se cantaban ordinariamente de noche (*DRAE*).

CRESPO.   Son mozos.
                   [*Aparte.*]
                   (Si por don Lope no fuera,
                   yo les hiciera...)
JUAN.   [*Aparte.*]   (Si yo
                   una rodelilla⁴⁷ vieja
                   que en el cuarto de don Lope   1245
                   está colgada pudiera
                   sacar...)   *Hace que se va.*
CRESPO.   ¿Dónde vais, mancebo?
JUAN.   Voy a que traigan la cena.
CRESPO.   Allá hay mozos que la traigan.
TODOS.   [*Dentro, cantando.*]
                   Despierta, Isabel, despierta.   1250
ISABEL.   [*Aparte.*]
                   (¿Qué culpa tengo yo, cielos,
                   para estar a esto sujeta?)

                   Arroja DON LOPE *la mesa.*

DON LOPE.   ¡Ya no se puede sufrir,
                   porque es cosa muy mal hecha!
CRESPO.   Pues ¡y cómo si lo es!   1255

                   Arroja PEDRO CRESPO *la silla.*

DON LOPE.   [*Aparte.*]
                   (Lléveme de mi impaciencia.)
                   ¿No es, decidme, muy mal hecho
                   que tanto una pierna duela?

---

⁴⁷ *rodelilla*: diminutivo de *rodela*, «escudo redondo».

CRESPO.	Deso mismo hablaba yo.
DON LOPE.	Pensé que otra cosa era.

Como arrojasteis la silla...

CRESPO.   Como arrojasteis la mesa
vos, no tuve que arrojar
otra cosa yo más cerca.
[*Aparte.*]
(Disimulemos, honor.)

DON LOPE.   [*Aparte.*]
(¡Quién en la calle estuviera!)
Ahora bien, cenar[48] no quiero.
Retiraos.

CRESPO.   En hora buena.

DON LOPE.   Señora, quedad con Dios.

ISABEL.   El cielo os guarde.

DON LOPE.   [*Aparte.*]   (¿A la puerta
de la calle no es[49] mi cuarto?
¿Y en él no está una rodela?)

CRESPO.   [*Aparte.*]
(¿No tiene puerta el corral,
y yo una espadilla vieja?)

DON LOPE.   Buenas noches.

CRESPO.   Buenas noches.
[*Aparte.*]
(Encerraré por defuera
a mis hijos.)

DON LOPE.   [*Aparte.*]   (Dejaré
un poco la casa quieta.)[50]   [*Vase.*]

1260

1265

1270

1275

---

[48] *cenar*: la príncipe dice «cercar», por error.

[49] *no es*: no da.

[50] *la casa quieta*: don Lope esperará hasta que todos se hayan retirado.

ISABEL.   [*Aparte.*]
                 (¡Oh, qué mal, cielos, los dos
                 disimulan que les pesa!)   1280

INÉS.   [*Aparte.*]
                 (Mal el uno por el otro
                 van haciendo la deshecha.)⁵¹

CRESPO.   ¡Hola, mancebo!

JUAN.   Señor.

CRESPO.   Acá está la cama vuestra.   *Vanse.*

[CUADRO III]
[*exterior de la casa de Crespo*]

Sale[n] el CAPITÁN, [*el*] SARGENTO, [*la*] CHISPA,
REBOLLEDO *con guitarras y soldados.*

                                         [*redondillas*]

REBOLLEDO.   Mejor estamos aquí.   1285
                 El sitio es más oportuno;
                 tome rancho⁵² cada uno.

CHISPA.   ¿Vuelve la música?

REBOLLEDO.   Sí.

CHISPA.   Agora estoy en mi centro.

CAPITÁN.   ¡Que no haya una ventana   1290
                 entreabierto esta villana!

REBOLLEDO.   Pues bien lo oyen allá dentro.

CHISPA.   Espera.

SARGENTO.   Será a mi costa.⁵³

---

⁵¹ *haciendo la deshecha*: disimulando.

⁵² *rancho*: sitio, puesto, posición.

⁵³ *costa*: probablemente se refiere a la música. Al sargento le costará esperar hasta que empiece, aunque quizás lo diga sarcásticamente.

REBOLLEDO.   No es más de hasta ver quién es
               quien llega.

CHISPA.   Pues qué, ¿no ves   1295
               un jinete de la costa?[54]

               Salen[55] MENDO, *con adarga, y* NUÑO.

MENDO.   ¿Ves bien lo que pasa?
NUÑO.   No,
               no veo bien;[56] pero bien
               lo escucho.
MENDO.   ¿Quién, cielos, quién
               esto puede sufrir?
NUÑO.   Yo.   1300
MENDO.   ¿Abrirá acaso Isabel
               la ventana?
NUÑO.   Sí abrirá.
MENDO.   No hará, villano.
NUÑO.   No hará.
MENDO.   ¡Ah, celos, pena crüel!
               Bien supiera yo arrojar   1305
               a todos a cuchilladas
               de aquí; mas disimuladas
               mis desdichas han de estar,

---

[54] *jinete de la costa*: soldado que se encargaba de la defensa de las costas e iba armado con lanza y adarga (especie de escudo).

[55] *Salen*: los dos grupos de personajes se encuentran ahora cada uno a un lado del escenario, hablando entre sí, y observándose unos a otros.

[56] *no veo bien*: la acción sucede de noche y por ello Nuño no distingue bien a los otros. Más tarde, Pedro Crespo no logrará identificar a don Lope por la misma razón. Las escenas de noche se representaban a la luz del día. El espectador sabía que era de noche no sólo por el diálogo sino por cómo se movían los actores en escena. Para más detalles, véase mi libro *La puesta en escena* (Madrid, Castalia, 2000), págs. 26-27 *et passim*.

                            hasta ver si ella ha tenido
                            culpa dello.
NUÑO.   Pues aquí   1310
                            nos sentemos.[57]

MENDO.   Bien; así
                            estaré desconocido.

REBOLLEDO.   Pues ya el hombre se ha sentado
                            —si ya no es que se condena[58]
                            algún alma que anda en pena,   1315
                            de las cañas[59] que ha jugado,
                            con su adarga a cuestas—, da
                            voz al aire.

CHISPA.   Ya él la lleva.

REBOLLEDO.   Va una jácara tan nueva,
                            que corra sangre.[60]

CHISPA.   Sí hará.   1320

                            [*Canta.*]
                            Érase cierto Sampayo,[61]
                            la flor de los andaluces,
                            el jaque de mayor porte

---

   [57] *aquí / nos sentemos*: no hay duda de que Mendo se sienta, como señala Rebolledo (v. 1313). Como las sillas del cuadro anterior habrían sido reti-
radas al final de él, es posible que Mendo se siente en las gradas laterales, junto
al público. Por eso dice que estará desconocido (v. 1312).
   [58] *se condena*: la príncipe dice «ser ordena», que no tiene sentido. Es posible que la lectura original fuera: «si ya no es que sea condena / de algún alma
que anda en pena».
   [59] *cañas*: alude al juego de cañas, fiesta a caballo introducida en España
por los moros.
   [60] *corra sangre*: Escudero Baztán, en una nota a su edición, proporciona
una cita del libro de Carlos García *La desordenada codicia de los bienes
ajenos* (1619), que aclara el sentido de esta frase: «siendo el caso de mis padres fresco y la infamia corriendo sangre, no hallé quien quisiera recebirme
en casa».
   [61] *Sampayo*: san Pelayo; el nombre del jaque sería Pelayo.

y el jaque de mayor lustre.
Éste, pues, a la Chillona   1325
topó un día...

REBOLLEDO.   No le culpen
la fecha; que el consonante
quiere que haya sido en lunes.[62]

CHISPA.   [*Canta.*]
Topó, digo, a la Chillona,
que, brindando entre dos luces,   1330
ocupaba con el Garlo
la casa de los azumbres.[63]
El Garlo, que siempre fue,
en todo lo que le cumple,
rayo de tejado abajo,   1335
porque era rayo sin nube,
sacó la espada, y a un tiempo
un tajo y revés sacude.

Salen[64] DON LOPE *y* PEDRO CRESPO
a un tiempo, con broqueles.[65]
Acuchíllanlos DON LOPE *y* PEDRO CRESPO.

CRESPO.   Sería desta manera.
DON LOPE.   Que sería así no duden.   1340

---

[62] *lunes*: que rima en asonancia con «andaluces», «lustre», etc. Rebolledo completa a su manera el v. 1326 de la canción, que terminaría en lunes.

[63] *casa de los azumbres*: taberna.

[64] *Salen*: esta acotación aparece en la príncipe antes del v. 1321. Don
Lope entra a escena por una de las puertas al fondo del tablado y Crespo, por
la otra.

[65] *broqueles*: escudos pequeños.

> *Métenlos a cuchilladas,*[66]
> *y sale* DON LOPE.

DON LOPE.   ¡Gran valor! Uno ha quedado
               dellos, y es el que está aquí.

> *Sale* PEDRO CRESPO.

CRESPO.   [*Aparte.*]
               (Cierto es que el que queda ahí
               sin duda es algún soldado.)

[DON LOPE.]   [*Aparte.*]
               (Ni aun éste no ha de escapar   1345
               sin almagre.)[67]

CRESPO.   [*Aparte.*]   (Ni éste quiero
               que quede sin que mi acero
               la calle le haga dejar.)

DON LOPE.   ¿No huís con los otros?

CRESPO.   Huid [vos],[68]
               que sabréis huir más bien.   1350

> *Riñen.*

DON LOPE.   [*Aparte.*]
               (¡Voto a Dios, que riñe bien!)

CRESPO.   [*Aparte.*]
               (¡Bien pelea, voto a Dios!)

---

[66] *Métenlos a cuchilladas*: salen todos de escena por una de las puertas laterales al fondo del tablado.

[67] *almagre*: tierra rojiza que se empleaba para teñir; aquí significa «teñido de sangre».

[68] [*vos*]: falta de la príncipe, pero es necesario para la rima.

Sale JUAN.

JUAN.   [*Aparte.*]
                 (Quiera el cielo que le tope.)
                 Señor, a tu lado estoy.
DON LOPE.   ¿Es Pedro Crespo?
CRESPO.   Yo soy.   1355
                 ¿Es don Lope?
DON LOPE.   Sí, es don Lope.
                 ¿Que no habíais, no dijisteis,
                 de salir? ¿Qué hazaña es ésta?
CRESPO.   Sean disculpa y respuesta
                 hacer lo que vos hicisteis.   1360
DON LOPE.   Aquesta era ofensa mía,
                 vuestra no.
CRESPO.   No hay que fingir;
                 que yo he salido a reñir
                 por haceros compañía.

                 Dentro los soldados.

UNO.   ¡A dar muerte nos juntemos[69]   1365
                 a estos villanos!

                 Salen el CAPITÁN *y todos.*

CAPITÁN.   Mirad...
DON LOPE.   ¿Aquí no estoy yo? ¡Esperad!
                 ¿De qué son estos extremos?
CAPITÁN.   Los soldados han tenido
                 —porque se estaban holgando   1370

---

[69] *juntemos*: es decir, «juntémonos a dar muerte a estos villanos».

	en esta calle, cantando	
	sin alboroto y rüido—	
	una pendencia, y yo soy	
	quien los está deteniendo.	
DON LOPE.	Don Álvaro, bien entiendo	1375
	vuestra prudencia; y pues hoy	
	aqueste lugar está	
	en ojeriza, yo quiero	
	excusar rigor más fiero;	
	y pues amanece ya,[70]	1380
	orden doy que en todo el día,	
	para que mayor no sea	
	el daño, de Zalamea	
	saquéis vuestra compañía.	
	Y estas cosas acabadas,	1385
	no vuelvan a ser, porque[71]	
	la paz otra vez pondré,	
	voto a Dios, a cuchilladas.	
CAPITÁN.	Digo que aquesta mañana	
	la compañía haré marchar.	1390
	[*Aparte.*]	
	(La vida me has de costar,[72]	
	hermosísima villana.)	*Vase.*
CRESPO.	[*Aparte.*]	
	(Caprichudo es el don Lope;	
	ya haremos migas los dos.)	
DON LOPE.	Veníos conmigo vos,	1395
	y solo ninguno os tope.	*Vanse.*

---

[70] *amanece ya*: han transcurrido, pues, varias horas desde el comienzo del segundo cuadro, cuando sirvieron la cena a don Lope.

[71] *porque*: se pronuncia «porqué» para que rime con «pondré».

[72] *vida ... costar*: tópico poético que al final se convierte en realidad.

[CUADRO IV]
[*lugar indeterminado de Zalamea*]

Salen MENDO *y* NUÑO, *herido.*

MENDO.	¿Es algo, Nuño, la herida?	[*quintillas*]
NUÑO.	Aunque fuera menor, fuera	
	de mí muy mal recibida,	
	y mucho más que quisiera.	1400
MENDO.	Yo no he tenido en mi vida	
	mayor pena ni tristeza.	
NUÑO.	Yo tampoco.	
MENDO.	Que me enoje	
	es justo. ¿Que su fiereza	
	luego te dio en la cabeza?	1405
NUÑO.	Todo este lado me coge.	

Tocan.[73]

MENDO.	¿Qué es esto?	
NUÑO.	La compañía,	
	que hoy se va.	
MENDO.	Y es dicha mía,	
	pues con esto cesarán	
	los celos del capitán.[74]	1410
NUÑO.	Hoy se ha de ir en todo el día.[75]	

Salen [*el*] CAPITÁN *y* [*el*] SARGENTO.

---

[73] *Tocan*: probablemente, cajas y trompetas.
[74] *los celos del capitán*: los celos que le da el capitán.
[75] *todo el día*: estarán saliendo durante todo el día.

CAPITÁN.   Sargento, vaya marchando
               antes que decline el día
               con toda la compañía;
               y con prevención que, cuando   1415
               se esconda en la espuma fría
               del océano[76] español
               ese luciente farol,[77]
               en ese monte le espero,
               porque hallar mi vida quiero   1420
               hoy en la muerte del sol.

SARGENTO.   [*Aparte al* CAPITÁN.]
               (Calla, que está aquí un figura
               del lugar.)

MENDO.   [*Aparte a* NUÑO.]
                      (Pasar procura,
               sin que entiendan mi tristeza.
               No muestres, Nuño, flaqueza.)   1425

NUÑO.   (¿Puedo yo mostrar gordura?)   [*Vanse.*]

CAPITÁN.   Yo he de volver al lugar,
               porque tengo prevenida
               una crïada, a mirar
               si puedo[78] por dicha hablar   1430
               [a] aquesta hermosa homicida.
               Dádivas han granjeado
               que apadrine[79] mi cuidado.

SARGENTO.   Pues, señor, si has de volver,
               mira que habrás menester   1435

---

[76] *del océano*: la príncipe dice «el oceano», por error. El océano español es el Atlántico.

[77] *luciente farol*: el sol.

[78] *puedo*: la príncipe dice «puede», por error.

[79] *apadrine*: el sujeto de «apadrine» es «criada».

volver[80] bien acompañado;
porque, al fin, no hay que fïar
de villanos.

CAPITÁN.   Ya lo sé.
Algunos puedes nombrar
que vuelvan conmigo.

SARGENTO.   Haré   1440
cuanto me quieras mandar.
Pero, ¿si acaso volviese
don Lope y te conociese
al volver...?

CAPITÁN.   Ese temor
quiso también que perdiese   1445
en esta parte mi amor;
que don Lope se ha de ir
hoy también a prevenir
todo el tercio a Guadalupe;
que todo lo dicho supe   1450
yéndome ahora a despedir
dél; porque ya el rey vendrá,
que puesto en camino está.

SARGENTO. Voy, señor, a obedecerte.   *Vase.*
CAPITÁN. Que me va la vida advierte.   1455

Sale[n] REBOLLEDO [*y la* CHISPA].

REBOLLEDO. Señor, albricias me da.
CAPITÁN. ¿De qué han de ser, Rebolledo?
REBOLLEDO. Muy bien merecellas puedo,
pues solamente te digo...[81]

---

[80] *volver*: la príncipe dice «beluer», por error.

[81] *solamente te digo*: la príncipe atribuye este verso al capitán y la respuesta a Rebolledo, por error.

CAPITÁN.   ¿Qué?

REBOLLEDO.   ... que ya hay un enemigo   1460
                 menos a quien tener miedo.

CAPITÁN.   ¿Quién es? Dilo presto.

REBOLLEDO.   Aquel
                 mozo, hermano de Isabel.
                 Don Lope se le pidió
                 al padre, y él se le dio,   1465
                 y va a la guerra con él.
                 En la calle le he topado
                 muy galán, muy alentado,
                 mezclando a un tiempo, señor,
                 rezagos[82] de labrador   1470
                 con primicias de soldado.
                 De suerte que el viejo es ya
                 quien pesadumbre nos da.

CAPITÁN.   Todo nos sucede bien,
                 y más si me ayuda quien[83]   1475
                 esta esperanza me da
                 de que está noche podré
                 hablarla.

REBOLLEDO.   No pongas duda.
                 Del camino volveré;[84]
                 que agora es razón que acuda   1480
                 a la gente que se ve
                 ya marchar.

---

[82] *rezagos*: restos, residuos.

[83] *quien*: presumiblemente, la criada que tiene comprada.

[84] *Del camino volveré*: algunos editores atribuyen estos versos al capitán, pues él es quien se va en el v. 1483. Pero no es error de la príncipe, ya que Rebolledo también tiene que irse, como atestiguan las palabras de la Chispa (vv. 1487-1488).

CAPITÁN.   Los dos seréis
          los que conmigo vendréis.   *Vase.*
REBOLLEDO. Pocos somos, vive Dios,
            aunque vengan otros dos,   1485
            otros cuatro y otros seis.
CHISPA.   Y yo, si tú has de volver,
            allá, ¿qué tengo de hacer?
            Pues no estoy segura yo,
            si da conmigo el que dio   1490
            al barbero qué coser.[85]
REBOLLEDO. No sé qué he de hacer de ti.
            ¿No tendrás ánimo, di,
            de acompañarme?
CHISPA.   ¿Pues no?
            Vestido no tengo yo;   1495
            ánimo y esfuerzo, sí.[86]
REBOLLEDO. Vestido no faltará;
            que ahí, otro del paje está
            de jineta[87] que se fue.
CHISPA.   Pues yo a la par pasaré[88]   1500
            con él.
REBOLLEDO.   Vamos, que se va
            la bandera.
CHISPA.   Y yo veo agora
            por qué en el mundo he cantado
            que el amor del soldado

---

[85] *barbero qué coser*: la príncipe dice «barbaro», por error. Los barberos eran los encargados de curar heridas.

[86] *sí*: la príncipe atribuye esta palabra a Rebolledo: «¿Vestido no tengo yo, / ánimo y esfuerzo?». Pero con esta lectura no tiene sentido la respuesta de Rebolledo: «Vestido no faltará».

[87] *paje ... de jineta*: el que acompaña al capitán.

[88] *a la par pasaré*: ocuparé su puesto.

no dura un hora.   1505
............................[89]   *Vanse.*

[CUADRO V]
[*exterior de la casa de Crespo*]

Salen DON LOPE, *y* PEDRO CRESPO,
y JUAN, *su hijo.*

DON LOPE.   A muchas cosas os soy   [*romance*]
            en extremo agradecido;
            pero, sobre todas, ésta
            de darme hoy a vuestro hijo   1510
            para soldado, en el alma
            os lo agradezco y estimo.
CRESPO.   Yo os le doy para criado.
DON LOPE.   Yo os le llevo para amigo;
            que me ha inclinado en extremo   1515
            su desenfado y su brío,
            y la afición a las armas.
JUAN.   Siempre a vuestros pies rendido
            me tendréis, y vos veréis
            de la manera que os sirvo,   1520
            procurando obedeceros
            en todo.
CRESPO.   Lo que os suplico
            es que perdonéis, señor,

------

[89] Falta un verso a esta última quintilla. Se podría suplir completando la canción tradicional a que alude la Chispa, que termina con estos versos: «que, en tocando la caja, / adiós, señora».

si no acertare a serviros;
porque en el rústico estudio,   1525
adonde rejas y trillos,
palas, azadas y bielgos
son nuestros mejores libros,
no habrá podido aprender
lo que en los palacios ricos   1530
enseña la urbanidad
política de los siglos.

DON LOPE. Ya que va perdiendo el sol
la fuerza, irme determino.

JUAN. Veré si viene, señor,
la litera.[90]   *Vase.* 1535

Sale[n] INÉS *y* ISABEL.

ISABEL.   ¿Y es bien iros
sin despediros de quien
tanto desea serviros?

DON LOPE. No me fuera sin besaros
las manos y sin pediros   1540
que, liberal, perdonéis
un atrevimiento digno
de perdón, porque no el precio
hace el don, sino el servicio.
Esta venera[91] que, aunque   1545
está de diamantes ricos
guarnecida, llega pobre

---

[90] *litera*: «vehículo antiguo capaz para una o dos personas, a manera de caja de coche y con dos varas laterales que se afianzaban en dos caballerías, puestas una delante y otra detrás» (*DRAE*).

[91] *venera*: insignia pendiente del pecho de los caballeros de las órdenes militares.

	a vuestras manos, suplico	
	que la toméis y traigáis	
	por patena[92] en nombre mío.	1550
ISABEL.	Mucho siento que penséis,	
	con tan generoso indicio,	
	que pagáis el hospedaje,	
	pues, de honra que recebimos,	
	semos los deudores.	
DON LOPE.	Esto	1555
	no es paga, sino cariño.	
ISABEL.	Por cariño, y no por paga,	
	solamente la recibo.	
	A mi hermano os encomiendo,	
	ya que tan dichoso ha sido	1560
	que merece ir por crïado	
	vuestro.	
DON LOPE.	Otra vez os afirmo	
	que podéis descuidar dél;	
	que va, señora, conmigo.	

Sale JUAN.

JUAN.	Ya está la litera puesta.	1565
DON LOPE.	Con Dios quedad.	
CRESPO.	Él mismo	
	os guarde.	
DON LOPE.	¡Ah, buen Pedro Crespo!	
CRESPO.	¡Oh, señor don Lope invicto!	
DON LOPE.	¿Quién nos dijera aquel día	
	primero que aquí nos vimos	1570

---

⁹² *patena*: medalla con una imagen esculpida usada a modo de dije por las labradoras.

	que habíamos de quedar
	para siempre tan amigos?
CRESPO.	Yo lo dijera, señor,
	si allí supiera, al oíros,
	que erais...
DON LOPE.	Decid, por mi vida.	1575
CRESPO.	... loco de tan buen capricho.

Vase [DON LOPE].

CRESPO.	En tanto que se acomoda
	el señor don Lope, hijo,
	ante tu prima y tu hermana
	escucha lo que te digo.	1580
	Por la gracia de Dios, Juan,
	eres de linaje limpio,
	más que el sol, pero villano.
	Lo uno y [lo]93 otro te digo;
	aquello, porque no humilles	1585
	tanto tu orgullo y tu brío,
	que dejes, desconfiado,
	de aspirar con cuerdo arbitrio
	a ser más; lo otro, porque
	no vengas, desvanecido,94	1590
	a ser menos. Igualmente,
	usa de entrambos disinios95
	con humildad, porque, siendo

---

93 [*lo*]: es necesario añadir este segundo artículo para la correcta medida del verso.

94 *desvanecido*: envanecido.

95 *disinios*: *designios*, en el sentido de «plan, resolución, cosa que uno decide hacer». Los dos designios son aspirar a ser más y no venir a ser menos.

humilde, con cuerdo arbitrio[96]
acordarás lo mejor;   1595
y, como tal, en olvido
pondrás cosas que suceden
al revés en los altivos.
¡Cuántos, teniendo en el mundo
algún defeto consigo,   1600
le han borrado por humildes!
Y ¡cuántos, que no han tenido
defeto, se le han hallado,
por estar ellos mal vistos!
Sé cortés sobremanera,   1605
sé liberal y partido;[97]
que el sombrero[98] y el dinero
son los que hacen los amigos;
y no vale tanto el oro
que el sol engendra[99] en el indio   1610
suelo y [que] consume el mar,[100]
como ser uno bienquisto.
No hables mal de las mujeres;
la más humilde, te digo
que es digna de estimación,   1615
porque, al fin, dellas nacimos.

---

[96] *cuerdo arbitrio*: la príncipe repite las mismas palabras del v. 1588, por lo que es posible que se trate de un caso de contaminación. Algunos editores sustituyen: «con recto juicio».

[97] *partido*: que reparte con otros lo que tiene.

[98] *sombrero*: quitarse el sombrero para saludar a otros, por cortesía.

[99] *el sol engendra*: desde tiempos bíblicos se creía que el sol ecuatorial engendraba el oro bajo la tierra de la mítica región de Ofir, cuyos habitantes pagaban tributo cada tres años al rey Salomón.

[100] *consume el mar*: no parece tener sentido a no ser que, como sugiere Díez Borque en su edición, se trate de una alusión a los frecuentes naufragios que sufrían los galeones que venían de América.

No riñas por cualquier cosa;
que cuando en los pueblos miro
muchos que a reñir se enseñan,
mil veces entre mí digo: 1620
«Aquesta escuela no es
la que ha de ser», pues colijo
que no ha de enseñarle a un hombre
con destreza, gala y brío
a reñir, sino a por qué   1625
ha de reñir; que yo afirmo
que si hubiera un maestro solo
que enseñara prevenido,
no el cómo, el por qué se riña,
todos le dieran sus hijos.   1630
Con esto, y con el dinero
que llevas para el camino,
y para hacer, en llegando,
de asiento,[101] un par de vestidos,
el amparo de don Lope,   1635
y mi bendición, yo fío
en Dios que tengo de verte
en otro puesto. Adiós, hijo,
que me enternezco en hablarte.
JUAN.   Hoy tus razones imprimo   1640
en el corazón, adonde
vivirán mientras yo vivo.
Dame tu mano; y tú, hermana,
los brazos; que ya ha partido
don Lope, mi señor, y es   1645
fuerza alcanzarlo.

---

[101] *asiento*: de *asentarse*, «establecerse en un lugar».

ISABEL.   Los míos
                    bien quisieran detenerte.

JUAN.   Prima, adiós.

INÉS.   Nada te digo
                    con la voz, porque los ojos
                    hurtan a la voz su oficio.   1650
                    Adiós.

CRESPO.   Ea, vete presto;
                    que, cada vez que te miro,
                    siento más el que te vayas;
                    y ha de ser, porque lo he dicho.

JUAN.   El cielo con todos quede.   *Vase.*   1655

CRESPO.   El cielo vaya contigo.

ISABEL.   ¡Notable crueldad has hecho!

CRESPO.   Agora que no le miro,
                    hablaré más consolado.
                    ¿Qué había de hacer conmigo   1660
                    sino ser toda su vida
                    un holgazán, un perdido?
                    Váyase a servir al rey.

ISABEL.   Que de noche haya salido,
                    me pesa a mí.

CRESPO.   Caminar   1665
                    de noche por el estío
                    antes es comodidad
                    que fatiga; y es preciso
                    que a don Lope alcance luego
                    al instante.
                    [*Aparte.*] (Enternecido   1670
                    me deja, cierto, el muchacho,
                    aunque[102] en público me animo.)

---

[102] *aunque*: la príncipe dice «aun», por error.

ISABEL.   Éntrate, señor, en casa.
INÉS.   Pues sin soldados vivimos,
                 estémonos otro poco   1675
                 gozando a la puerta el frío
                 viento que corre; que luego
                 saldrán por ahí los vecinos.[103]
CRESPO.   [*Aparte.*]
                 (A la verdad[104] no entro dentro,
                 porque desde aquí imagino,   1680
                 como el camino blanquea,
                 [que] veo a Juan en el camino.)
                 Inés, sácame a esta puerta
                 asiento.
INÉS.   Aquí está un banquillo.[105]
ISABEL.   Esta tarde dizque[106] ha hecho   1685
                 la villa elección de oficios.
CRESPO.   Siempre aquí por el agosto
                 se hace.

                 Sale[*n*] *el* CAPITÁN, [*el*] SARGENTO,
                 REBOLLEDO, [*la*] CHISPA *y soldados*
                 [*y hablan aparte*].

CAPITÁN.   Pisad sin rüido.
                 Llega, Rebolledo, tú,
                 y da a la crïada aviso   1690
                 de que ya estoy en la calle.

---

[103] *los vecinos*: se refiere probablemente a los labradores que salen temprano a las labores del campo.

[104] *A la verdad*: la príncipe dice «La verdad», error que se corrige añadiendo la preposición para la correcta medida del verso.

[105] *banquillo*: Inés sacaría el banquillo al tablado de detrás de las cortinas del vestuario.

[106] *dizque*: dicen que.

REBOLLEDO.	Yo voy. Mas ¿qué es lo que miro?
	A su puerta hay gente.
SARGENTO.	Y yo,
	en los reflejos y visos[107]
	que la luna hace en el rostro, 1695
	que es Isabel, imagino,
	ésta.
CAPITÁN.	Ella es; más que la luna,
	el corazón me lo ha dicho.
	A buena ocasión llegamos.
	Si, ya que una vez venimos, 1700
	nos atrevemos a todo,
	buena venida habrá sido.
SARGENTO.	¿Estás para oír un consejo?
CAPITÁN.	No.
SARGENTO.	Pues ya no te lo digo.
	Intenta lo que quisieres. 1705
CAPITÁN.	Yo he de llegar y, atrevido,
	quitar a Isabel de allí.
	Vosotros, a un tiempo mismo,
	impedid a cuchilladas
	el que me sigan.
SARGENTO.	Contigo 1710
	venimos y a tu orden hemos
	de estar.
CAPITÁN.	Advertid que el sitio
	en que habemos de juntarnos
	es ese monte vecino,
	que está a la mano derecha 1715
	como salen del camino.
REBOLLEDO.	Chispa.

---

[107] *visos*: resplandores.

CHISPA.	¿Qué?

REBOLLEDO.   Ten esas capas.[108]

CHISPA.   Que es del reñir, imagino,
la gala el guardar la ropa,[109]
aunque del nadar se dijo.   1720

CAPITÁN.   Yo he de llegar el primero.

CRESPO.   Harto hemos gozado el sitio.
Entrémonos allá dentro.

CAPITÁN.   [*Aparte a los suyos.*]
¡Ya es tiempo! ¡Llegad, amigos!

ISABEL.   ¡Ah, traidor! Señor, ¿qué es esto?   1725

CAPITÁN.   Es una furia, un delirio
de amor.   *Llévanla.*

ISABEL.   ¡Ah, traidor! ¡Señor!

CRESPO.   ¡Ah, cobardes!

INÉS.   ¡Señor mío!
[*Aparte.*]
(Yo quiero aquí retirarme.)   [*Vase.*]

CRESPO.   ¡Cómo echáis de ver, ah, impíos,   1730
que estoy sin espada, aleves,
falsos y traidores!

REBOLLEDO.   Idos,
si no queréis que la muerte
sea el último castigo.

CRESPO.   ¿Qué importará, si está muerto   1735
mi honor, el quedar yo vivo?
¡Ah, quién tuviera una espada!
Cuando sin armas te sigo,

---

[108] *capas*: se quitan las capas para que no se traben con las espadas.

[109] *guardar la ropa*: comentario irónico, ya que la frase proverbial aconseja actuar con cautela para evitar posibles consecuencias negativas, cosa que el capitán no hace, como se comprueba por el hecho de que se niega a escuchar el consejo del sargento (v. 1703).

es imposible; y si,[110] airado,
a ir por ella[111] me animo,   1740
los he de perder de vista.
¿Qué he de hacer, hados esquivos;
que, de cualquier manera,
es uno solo el peligro?

Sale INÉS *con la espada.*

INÉS.   Ésta, señor, es tu espada.   1745
CRESPO.   A buen tiempo la has traído.
             Ya tengo honra, pues ya tengo
             espada con que seguirlos.
             ¡Soltad la presa, traidores,
             cobardes, que habéis traído;[112]   1750
             que he de cobrarla, o la vida
             he de perder!   [*Riñen.*][113]
SARGENTO.   Vano ha sido
             tu intento, que somos muchos.
CRESPO.   Mis males son infinitos,
             y riñen todos por mí.[114]   1755
             Pero la tierra que piso
             me ha faltado.   *Cae.*
REBOLLEDO.   ¡Dale muerte!
SARGENTO.   Mirad que es rigor impío
             quitarle vida y honor.
             Mejor es, en lo escondido   1760

---

[110] *y si*: la príncipe dice «ya», que no tiene sentido en el contexto.

[111] *ella*: la espada.

[112] *habéis traído*: os habéis llevado.

[113] *Riñen*: Rebolledo y el sargento han permanecido en escena, con algunos soldados, para impedir que Crespo pueda seguir al capitán.

[114] *por mí*: contra mí.

                    del monte, dejarle atado,
                    por que no lleve el aviso.
ISABEL.   *Dentro.*
                    ¡Padre y señor!
CRESPO.   ¡Hija mía!
REBOLLEDO.   Retírale[115] como has dicho.
CRESPO.   Hija, solamente puedo   1765
                    seguirte con mis suspiros.

                    [*Vanse* REBOLLEDO, [*el*] SARGENTO *y soldados*
                    llevándose a CRESPO.]

ISABEL.   [*Dentro.*]
                    ¡Ay de mí!

                    Sale JUAN.

JUAN.   ¡Qué triste voz!
CRESPO.   *Dentro.*
                    ¡Ay de mí!
JUAN.   ¡Mortal gemido!
                    A la entrada de este monte
                    cayó mi rocín conmigo,   1770
                    veloz corriendo, y yo ciego
                    por la maleza le sigo.
                    Tristes voces a una parte
                    y a otra míseros gemidos
                    escucho, que no conozco   1775
                    porque llegan mal distintos.[116]
                    Dos necesidades son

---

[115] *Retírale*: llévatelo.
[116] *mal distintos*: ininteligibles, confusos.

las que apellidan[117] a gritos
mi valor; y, pues iguales
a mi parecer han sido,   1780
y uno es hombre, otro mujer,
a seguir ésta me animo;
que así obedezco a mi padre
en dos cosas que me dijo:
«Reñir con buena ocasión,   1785
y honrar la mujer», pues miro
que así honro a la mujer
y con buena ocasión riño.   [*Vase.*]

---

[117]   *apellidan*: llaman.

JORNADA TERCERA

[CUADRO I]
[*monte cercano a Zalamea*]

Sale ISABEL, *como llorando.*

ISABEL.   Nunca amanezca a mis ojos   [*romance*]
                la luz hermosa del día,   1790
                porque a su sombra no tenga
                vergüenza yo de mí misma.
                ¡Oh, tú, de tantas estrellas
                primavera fugitiva,[1]
                no des lugar a la aurora   1795
                que tu azul campaña pisa,
                para que con risa y llanto[2]
                borre tu apacible vista;
                y ya que ha de ser, que sea
                con llanto, mas no con risa!   1800

---

[1] *primavera fugitiva*: el cielo estrellado. Las estrellas son flores de una primavera fugitiva porque desaparecen con la luz del día.

[2] *risa y llanto*: la luz del amanecer («aurora») produce alegría («risa») y también gotas de rocío («llanto»).

¡Detente, oh mayor planeta,[3]
más tiempo en la espuma fría
del mar! Deja que una vez
dilate la noche fría
su trémulo[4] imperio; deja   1805
que de tu deidad se diga,
atenta a mis ruegos, que es
voluntaria y no precisa.[5]
¿Para qué quieres salir
a ver en la historia mía   1810
la más inorme maldad,
la más fiera tiranía,
que en vergüenza[6] de los hombres
quiere el cielo que se escriba?
Mas, ¡ay de mí!, que parece   1815
que es fiera tu tiranía;
pues desde que te rogué
que te detuvieses, miran
mis ojos tu faz hermosa
descollarse por encima   1820
de los montes. ¡Ay de mí,
que acosada y perseguida
de tantas penas, de tantas
ansias, de tantas impías
fortunas, contra mi honor   1825
se han conjurado tus iras!

---

[3] *mayor planeta*: el sol, considerado un planeta más en el universo geocéntrico de Ptolomeo, astrólogo y matemático griego del siglo II.

[4] *trémulo*: por el parpadeo de las estrellas.

[5] *voluntaria y no precisa*: si el sol se detiene a sus ruegos, entonces mostrará que tiene libre albedrío (voluntad) y que no se mueve mecánicamente, con la precisión de una pieza del engranaje celestial.

[6] *vergüenza*: la príncipe dice «venganza», por error.

¿Qué he de hacer? ¿Dónde he de ir?
Si a mi casa determinan
volver mis erradas plantas,
será dar nueva mancilla   1830
a un anciano padre mío,
que otro bien, otra alegría
no tuvo sino mirarse
en la clara luna[7] limpia
de mi honor, que hoy, ¡desdichado!,   1835
tan torpe mancha le eclipsa.
Si dejo, por su respeto
y mi temor afligida,
de volver a casa, dejo
abierto el paso a que diga   1840
que fui cómplice en mi infamia;
y, ciega y inadvertida,
vengo a hacer de la inocencia
acreedora[8] a la malicia.
¡Qué mal hice, qué mal hice   1845
de escaparme, fugitiva,
de mi hermano![9] ¿No valiera
más que su cólera altiva
me diera la muerte, cuando
llegó a ver la suerte mía?   1850
Llamarle quiero, que vuelva
con saña más vengativa
y me dé muerte. Confusas

---

[7] *luna*: espejo.

[8] *acreedora*: «que tiene derecho a que se le satisfaga una deuda» (*DRAE*); es decir, la inocencia tendrá obligación de satisfacer a la malicia.

[9] *escaparme ... / ... de mi hermano*: ésta es una confrontación que ocurre entre el final de la jornada segunda y el comienzo de la tercera, y de la cual no ha sido testigo el espectador.

	voces el eco repita,	
	diciendo...	
CRESPO.	*Dentro.* ¡Vuelve a matarme!	1855
	Serás piadoso homicida,	
	que no es piedad, no, dejar	
	a un desdichado con vida.	
ISABEL.	¿Qué voz es ésta, que mal	
	pronunciada y poco oída	1860
	no se deja conocer?	
CRESPO.	[*Dentro.*]	
	¡Dadme muerte, si os obliga	
	ser piadosos!	
ISABEL.	¡Cielos, cielos!	
	Otro la muerte apellida;	
	otro desdichado hay	1865
	que hoy, a pesar suyo, viva.	
	Mas, ¿qué es lo que ven mis ojos?	

Descúbrese[10] CRESPO *atado.*

CRESPO.	Si piedades solicita	
	cualquiera que aqueste monte	
	temerosamente pisa,	1870
	llegue a dar muerte... Mas, ¡cielos!,	
	¿qué es lo que mis ojos miran?	
ISABEL.	Atadas atrás las manos	
	a una rigurosa[11] encina...	
CRESPO.	Enterneciendo los cielos	1875
	con las voces que apellida...	

---

[10] *Descúbrese*: en este momento, Isabel, o alguien desde dentro, corre la cortina del vestuario y el público ve a Crespo atado, probablemente a un decorado o adorno que figure una encina (v. 1874).

[11] *rigurosa*: puede también significar «rugosa, áspera».

ISABEL.   ... mi padre está.
CRESPO.   ... mi hija viene.
ISABEL.   ¡Padre y señor!
CRESPO.   Hija mía,
               llégate y quita estos lazos.
ISABEL.   No me atrevo; que si quitan   1880
               los lazos que te aprisionan
               una vez las manos mías,
               no me atreveré, señor,
               a contarte mis desdichas,
               a referirte mis penas;   1885
               porque si una vez te miras
               con manos y sin honor,
               me darán muerte tus iras;
               y quiero, antes que las veas,[12]
               referirte mis fatigas.   1890
CRESPO.   Detente, Isabel, detente,
               no prosigas; que desdichas,
               Isabel, para contarlas,
               no es menester referirlas.[13]
ISABEL.   Hay muchas cosas que sepas,   1895
               y es forzoso que, al decirlas,
               tu valor se irrite y quieras
               vengarlas antes de oírlas.
               Estaba anoche gozando[14]
               la seguridad tranquila   1900
               que, al abrigo de tus canas,

---

[12] *las veas*: las manos de Crespo, que tiene atadas atrás.

[13] *referirlas*: dar relación minuciosa.

[14] *Estaba anoche gozando*: estos largos monólogos, o «relaciones», como los llamaban en la época, eran muy populares entre el público de los corrales y, a menudo, se publicaban en pliegos sueltos, independientemente del resto de la comedia. Sus orígenes se remontan a los viejos romances juglarescos.

mis años me prometían,
cuando aquellos embozados
traidores —que determinan
que lo que el honor defiende,   1905
el atrevimiento rinda—
me robaron; bien así
como de los pechos quita
carnicero hambriento lobo
a la simple corderilla.   1910
Aquel capitán, aquel
huésped ingrato, que el día
primero introdujo en casa
tan nunca esperada cisma[15]
de traiciones y cautelas,[16]   1915
de pendencias y rencillas,
fue el primero que en sus brazos
me cogió, mientras le hacían
espaldas[17] otros traidores
que en su bandera militan.   1920
Aqueste intrincado, oculto
monte, que está a la salida
del lugar, fue su sagrado;[18]
¿cuándo de la tiranía[19]
no son sagrados los montes?   1925
Aquí, ajena[20] de mí misma,
dos veces me miré, cuando

---

[15] *cisma*: discordia.

[16] *cautelas*: en el sentido de «mañas, engaños».

[17] *hacían espaldas*: protegían las espaldas.

[18] *sagrado*: lugar donde se escondió. Recordemos el «sagrado» que Isabel significó para Rebolledo en la primera jornada (v. 683).

[19] *tiranía*: la príncipe dice «ira mía», por error.

[20] *ajena*: enajenada, fuera de sí.

aún tu voz, que me seguía,
me dejó; porque ya el viento,
a quien tus acentos fías,   1930
con la distancia, por puntos[21]
adelgazándose iba;
de suerte que, las que eran
antes razones distintas,
no eran voces, sino ruidos;[22]   1935
luego, en el viento esparcidas,
no eran voces,[23] sino ecos
de unas confusas noticias;
como aquel que oye un clarín,
que, cuando dél se retira,   1940
le queda por mucho rato,
si no el ruido, la noticia.
El traidor, pues, en mirando
que ya nadie hay quien le siga,
que ya nadie hay que me ampare   1945
—porque hasta la luna misma
ocultó[24] entre pardas sombras,
o crüel o vengativa,
aquella, ¡ay de mí!, prestada
luz que del sol participa—,   1950
pretendió, ¡ay de mí otra vez
y otras mil!, con fementidas
palabras, buscar disculpa

---

[21] *por puntos*: gradualmente.

[22] *ruidos*: la príncipe dice «rios», por error.

[23] *voces*: es posible que, como creen otros editores, se trate de un error de la príncipe, pues la lógica del discurso parece requerir que aquí diga «ruidos» (véase v. 1942).

[24] *ocultó*: la príncipe dice «se ocultó», por error. El sujeto del verbo es «prestada luz» (v. 1949-1950).

a su amor. ¿A quién no admira
querer de un instante a otro   1955
hacer la ofensa caricia?
¡Mal haya el hombre, mal haya
el hombre que solicita
por fuerza ganar un alma,
pues no advierte, pues no mira   1960
que las vitorias de amor
no hay trofeo en que consistan,
sino en granjear el cariño
de la hermosura que estiman!
Porque querer sin el alma   1965
una hermosura ofendida
es querer una belleza
hermosa, pero no viva.
¡Qué ruegos, qué sentimientos
ya de humilde, ya de altiva,   1970
no le dije! Pero en vano,
pues —calle aquí la voz mía—
soberbio —enmudezca el llanto—,
atrevido —el pecho gima—,
descortés —lloren los ojos—,   1975
fiero —ensordezca [a] la envidia—,[25]
tirano —falte el aliento—,
osado —luto me vista—...
Y si lo que la voz yerra,
tal vez el acción explica: 1980
de vergüenza cubro el rostro,

[25] [a]: aunque no queda claro lo que quiere decir Isabel (¿por qué debe ensordecer a la envidia?, ¿de qué envidia habla?), la exclamación tiene todavía menos sentido sin la preposición. Todas las otras exclamaciones parentéticas de Isabel (vv. 1972-1978) expresan su repugnancia a describir el ultraje que ha sufrido, excepto ésta.

de empacho[26] lloro ofendida,
de rabia tuerzo las manos,
el pecho rompo de ira.
Entiende tú las acciones,   1985
pues no hay voces que lo digan.
Baste decir que, a las quejas
de los vientos repetidas,
en que ya no pedía al cielo
socorro, sino justicia,   1990
salió el alba, y con el alba,
trayendo la luz por guía,
sentí ruido entre unas ramas.
Vuelvo a mirar quién sería,
y veo a mi hermano. ¡Ay, cielos!   1995
¿Cuándo, cuándo, ¡ah suerte impía!,
llegaron a un desdichado
los favores[27] con más prisa?
Él, a la dudosa luz,
que, si no alumbra, ilumina,[28]   2000
reconoce el daño antes
que ninguno se le diga;
que son lince[29] los pesares,
que penetran con la vista.
Sin hablar palabra, saca   2005
el acero que aquel día
le ceñiste; el capitán,
que el tardo socorro mira
en mi favor, contra el suyo

---

[26] *empacho*: turbación.

[27] *favores*: en los vv. 1989-1990, Isabel pidió al cielo justicia, y el cielo le favorece enviándole a su hermano.

[28] *ilumina*: la príncipe dice «y domina», por error.

[29] *lince*: es proverbial la vista aguda del lince.

saca la blanca cuchilla.   2010
Cierra[30] el uno con el otro;
éste repara;[31] aquél tira;
y yo, en tanto que los dos
generosamente lidian,
viendo temerosa y triste   2015
que mi hermano no sabía
si tenía culpa o no,
por no aventurar mi vida
en la disculpa,[32] la espalda
vuelvo, y por la entretejida   2020
maleza del monte huyo.
Pero no con tanta prisa
que no hiciese de unas ramas
intricadas celosías,
porque deseaba, señor,   2025
saber lo mismo que huía.[33]
A poco rato, mi hermano
dio al capitán una herida;
cayó, quiso asegurarle,[34]
cuando los que ya venían   2030
buscando a su capitán
en su venganza se incitan.
Quiere[35] defenderse; pero
viendo que era una cuadrilla,

---

[30] *Cierra*: embiste, acomete; cfr. «¡Santiago, y cierra España!».
[31] *repara*: detiene el golpe.
[32] *en la disculpa*: mientras me disculpaba.
[33] *saber lo mismo que huía*: Isabel se oculta detrás de unas ramas porque deseaba saber la resolución del duelo entre el capitán y su hermano, que es precisamente lo que precipitó su huida.
[34] *asegurarle*: rematarle.
[35] *Quiere*: la príncipe dice «Quieren», pero el que inicialmente quiere defenderse al ver acercarse la cuadrilla es Juan.

corre veloz; no le siguen,   2035
porque todos determinan
más acudir al remedio[36]
que a la venganza que incitan.
En brazos al capitán
volvieron hacia la villa,   2040
sin mirar en su delito;
que, en las penas sucedidas,
acudir determinaron
primero a la más precisa.
Yo, pues, que atenta miraba[37]   2045
eslabonadas y asidas
unas ansias de otras ansias,
ciega, confusa y corrida,[38]
discurrí, bajé, corrí,
sin luz, sin norte, sin guía,   2050
monte, llano y espesura,
hasta que, a tus pies rendida,
antes que me des la muerte
te he contado mis desdichas.
Agora que ya las sabes,   2055
generosamente anima
contra mi vida el acero,
el valor contra mi vida;
que ya, para que me mates,
aquestos lazos te quitan   [*Desátale.*]   2060
mis manos; alguno dellos
mi cuello infeliz oprima.
Tu hija soy, sin honra estoy,

---

[36] *al remedio*: es decir, a curar al herido capitán.

[37] *miraba*: la príncipe dice «maraua», por error.

[38] *corrida*: avergonzada.

                    y tú libre; solicita
                    con mi muerte tu alabanza,[39]   2065
                    para que de ti se diga
                    que, por dar vida a tu honor,
                    diste la muerte a tu hija.

CRESPO.   Álzate, Isabel, del suelo;
                    no, no estés más de rodillas;   2070
                    que a no haber estos sucesos
                    que atormenten[40] y persigan,
                    ociosas[41] fueran las penas,
                    sin estimación las dichas.
                    Para los hombres se hicieron,[42]   2075
                    y es menester que se impriman
                    con valor dentro del pecho.
                    Isabel, vamos aprisa;
                    demos la vuelta a mi casa;
                    que este muchacho[43] peligra,   2080
                    y hemos menester hacer
                    diligencias exquisitas[44]
                    por saber dél y ponerle
                    en salvo.

ISABEL.   [*Aparte.*] (Fortuna mía,
                    o mucha cordura, o mucha   2085
                    cautela es ésta.)

CRESPO.   Camina.
                    ¡Vive Dios, que si la fuerza

---

[39] *solicita ... alabanza*: es decir, que te alaben por lo que vas a hacer.

[40] *atormenten y persigan*: la príncipe dice «atormentan y persiguan».

[41] *ociosas*: en el sentido de «inútil, sin provecho ni fruto» (*DRAE*). Se debe dar cierto tono de triste sarcasmo a este verbo en este contexto.

[42] *se hicieron*: el sujeto de este verbo es «estos sucesos».

[43] *este muchacho*: Juan, que corre peligro por haber herido al capitán.

[44] *exquisitas*: extraordinarias.

y necesidad precisa
de curarse hizo volver
al capitán a la villa,   2090
que pienso que le está bien
morirse de aquella herida,
por excusarse de otra
y otras mil, que el ansia mía
no ha de parar hasta darle   2095
la muerte! Ea, vamos, hija,
a nuestra casa.

Sale el ESCRIBANO.[45]

ESCRIBANO.	¡Oh, señor
	Pedro Crespo! Dadme albricias.
CRESPO.	¿Albricias de qué, escribano?
ESCRIBANO.	El concejo aqueste día 2100

os ha hecho alcalde; y tenéis,
para estrena[46] de justicia,
dos grandes acciones hoy:
la primera es la venida
del rey, que estará hoy aquí,   2105
o mañana en todo el día,
según dicen; es la otra
que ahora han traído a la villa
de secreto unos soldados,
a curarse[47] con gran prisa,   2110

---

[45] *ESCRIBANO*: no deja de ser curioso que el escribano, en la escena que sigue, no comente sobre el estado de Crespo e Isabel. Quizás se supone que ella se cubriría el rostro con el manto para ocultar los efectos de la violación.

[46] *estrena*: «principio o primer acto con que se comienza a usar o hacer algo» (*DRAE*).

[47] *curarse*: el sujeto de «curarse» es «el capitán».

                    aquel capitán que ayer
                    tuvo aquí su compañía.
                    Él no dice quién le hirió,[48]
                    pero si esto se averigua
                    será una gran causa.

CRESPO.   [*Aparte.*]   (¡Cielos!   2115
                    ¡Cuando vengarme imagina,[49]
                    me hace dueño de mi honor
                    la vara[50] de la justicia!
                    ¿Cómo podré delinquir
                    yo si, en esta hora misma,   2120
                    me ponen a mí por juez
                    para que otros no delincan?
                    Pero cosas como aquéstas
                    no se ven con tanta prisa.)
                    En extremo agradecido   2125
                    estoy a quien solicita
                    honrarme.

ESCRIBANO.   Vení a la casa
                    del concejo; y, recibida
                    la posesión de la vara,
                    haréis en la causa misma   2130
                    averiguaciones.   [*Vase.*]

CRESPO.   Vamos.
                    A tu casa te retira.

ISABEL.   ¡Duélase el cielo de mí!
                    Yo he de acompañarte.

CRESPO.   Hija,

---

[48] *no dice quién le hirió*: no lo quiere declarar por la humillación que
supone haber sido herido por un villano.

[49] *imagina*: el sujeto de este verbo es «mi honor».

[50] *vara*: «bastón que por insignia de autoridad usaban los ministros de justicia y que hoy llevan los alcaldes y sus tenientes» (*DRAE*).

ya tenéis el padre alcalde;   2135
él os guardará justicia.   *Vanse.*

[CUADRO II]
[*lugar indeterminado de Zalamea*]

Sale[n] *el* CAPITÁN *con banda,*[51]
como herido, y el SARGENTO.

CAPITÁN.   Pues la herida no era nada,   [*redondillas*]
                ¿por qué me hicisteis volver
                aquí?
SARGENTO.   ¿Quién pudo saber
                lo que era antes de curada?   2140
[CAPITÁN.][52] Ya la cura prevenida,
                hemos de considerar
                que no es bien aventurar
                hoy la vida por la herida.
[SARGENTO.]   ¿No fuera mucho peor   2145
                que te hubieras desangrado?
CAPITÁN.   Puesto que ya estoy curado,
                detenernos será error.
                Vámonos antes que corra

---

[51] *banda*: venda.

[52] [CAPITÁN.]: los vv. 2141-2144 deben ser atribuidos al capitán, pese a la omisión de su nombre en la príncipe. Es el capitán quien, tanto antes (en vv. 2137-2139) como después (en vv. 2147-2150), expresa su desagrado, irritación y miedo por haber innecesariamente expuesto su vida regresando a Zalamea. El sargento, por el contrario, sostiene que hicieron bien en volver. No es, por tanto, lógico atribuirle al sargento los vv. 2143-2144, que contradicen esta opinión.

voz de que estamos aquí.   2150
¿Están ahí los otros?

SARGENTO.   Sí.

CAPITÁN.   Pues la fuga nos socorra
del riesgo destos villanos;
que si se llega a saber
que estoy aquí, habrá de ser   2155
fuerza apelar a las manos.[53]

Sale REBOLLEDO.

REBOLLEDO. La justicia aquí se ha entrado.

CAPITÁN.   ¿Qué tiene que ver conmigo
justicia ordinaria?

REBOLLEDO.   Digo
que [agora][54] hasta aquí ha llegado.   2160

CAPITÁN.   Nada me puede a mí estar
mejor, llegando a saber
que estoy aquí. Y no temer[55]
a la gente del lugar,
que la justicia es forzoso   2165
remitirme en esta tierra
a mi consejo de guerra;
con que, aunque el lance es penoso,
tengo mi seguridad.

REBOLLEDO. Sin duda se ha querellado   2170
el villano.

CAPITÁN.   Eso he pensado.

---

[53] *apelar a las manos*: luchar.

[54] [*agora*]: falta esta palabra, u otra parecida, de la príncipe para la correcta medida del verso.

[55] *temer*: temed. El uso del infinitivo con valor de imperativo es común en el habla coloquial.

CRESPO.   *Dentro.*
                 ¡Todas las puertas tomad,
                 y no me salga de aquí
                 soldado que aquí estuviere;
                 y al que salirse quisiere,   2175
                 matadle!

                 Sale PEDRO CRESPO, *con vara,* [*el* ESCRIBANO]
                 *y los que puedan.*⁵⁶

CAPITÁN.   Pues ¿cómo así
                 entráis?
                 [*Aparte.*] (Mas, ¿qué es lo que veo?)
CRESPO.   ¿Cómo no? A mi parecer,
                 la justicia ¿ha menester
                 más licencia?
CAPITÁN.   A lo que creo,⁵⁷   2180
                 la justicia —cuando vos
                 de ayer acá lo seáis—
                 no tiene, si lo miráis,
                 que ver conmigo.
CRESPO.   Por Dios,
                 señor, que no os alteréis;   2185
                 que sólo a una diligencia
                 vengo, con vuestra licencia,
                 aquí, y que solo os quedéis
                 importa.

---

⁵⁶ *y los que puedan*: como el dramaturgo no sabe con cuántos comparsas puede contar la compañía, deja esta decisión a su «autor», o actor-director.

⁵⁷ *A lo que creo*: la príncipe atribuye estas palabras a Crespo, pero claramente forman parte de la respuesta del capitán en contrapunto a «A mi parecer» (v. 2178).

CAPITÁN.   [*Al* SARGENTO *y a* REBOLLEDO.]
                Salíos de aquí.

CRESPO.   [*A los labradores.*]
                Salíos vosotros también.   2190
    [*Aparte al* ESCRIBANO.]
    (Con esos soldados ten
    gran cuidado.)

ESCRIBANO.   (Harelo así.)

Vanse [los labradores, el SARGENTO, REBO-
LLEDO *y el* ESCRIBANO].

CRESPO.   Ya que yo, como justicia,   [*romance*]
    me valí de su respeto[58]
    para obligaros a oírme,   2195
    la vara a esta parte dejo;
    y, como un hombre no más,
    deciros mis penas quiero.

Arrima la vara.[59]

    Y puesto que estamos solos,
    señor don Álvaro, hablemos   2200
    más claramente los dos,
    sin que tantos sentimientos,
    como tienen encerrados[60]
    en las cárceles del pecho
    acierten[61] a quebrantar   2205

---

[58] *respeto*: del respeto que se debe a la justicia.

[59] *Arrima la vara*: apoya la vara, presumiblemente, contra uno de los postes al fondo del tablado.

[60] *tienen encerrados*: están encerrados.

[61] *acierten*: la príncipe dice «acierte», pero el sujeto de este verbo es «sentimientos». Crespo no quiere que sus sentimientos le hagan decir lo que

las prisiones del silencio.
Yo soy un hombre de bien
que, a escoger mi nacimiento,
no dejara —es Dios testigo—
un escrúpulo, un defeto   2210
en mí que suplir pudiera
la ambición de mi deseo.
Siempre acá entre mis iguales
me he tratado[62] con respeto;
de mí hacen estimación   2215
el cabildo y el concejo.
Tengo muy bastante hacienda,
porque no hay, gracias al cielo,
otro labrador más rico
en todos aquestos pueblos   2220
de la comarca. Mi hija
se ha crïado, a lo que pienso,
con la mejor opinión,
virtud y recogimiento
del mundo: tal madre tuvo,   2225
téngala Dios en el cielo.
Bien pienso que bastará,
señor, para abono desto,
el ser rico y no haber quien
me murmure; ser modesto   2230
y no haber quien me baldone;
y mayormente viviendo
en un lugar corto,[63] donde

---

no debe decir. Otra posible lectura, que no altera este sentido, sería: «sin que
tantos sentimientos como las prisiones del silencio tienen encerrados en las
cárceles del pecho acierten a quebrantar [mi silencio]».

[62] *me he tratado*: véase el apartado sobre Pedro Crespo de la Introducción.

[63] *corto*: pequeño.

            otra falta no tenemos
            más que decir unos de otros   2235
            las faltas y los defetos,
            y ¡pluguiera a Dios, señor,
            que se quedara en saberlos!
            Si es muy hermosa mi hija,
            díganlo vuestros extremos...   2240
            aunque pudiera, al decirlos,
            con mayores sentimientos
            llorar. Señor, ya esto fue
            mi desdicha. No apuremos
            toda la ponzoña al vaso;   2245
            quédese algo al sufrimiento.
            No hemos de dejar, señor,
            salirse con todo al tiempo;
            algo hemos de hacer nosotros
            para encubrir sus defetos.[64]   2250
            Éste, ya veis si es bien grande;
            pues, aunque encubrirle quiero,
            no puedo; que sabe Dios
            que, a poder estar secreto
            y sepultado en mí mismo,   2255
            no viniera a lo que vengo;
            que todo esto remitiera,
            por no hablar, al sufrimiento.
            Deseando, pues, remediar

_____

[64] *No hemos / ... / defetos*: estos enigmáticos versos hacen referencia
a refranes populares, como «No hay mal que el tiempo no alivie su tormento»
o «Todo lo cura el tiempo». Crespo dice que, aunque el tiempo lo borra todo,
siempre quedará un rescoldo del sufrimiento pasado. Propondrá, pues, a continuación que el capitán le ayude a encubrir ese residuo, o remediar ese defecto, casándose con su hija. En este momento, Crespo no busca venganza, sino
remedio (v. 2261).

agravio tan manifiesto, 2260
buscar remedio a mi afrenta
es venganza, no es remedio.
Y vagando de uno en otro,
uno solamente advierto
que a mí me está bien y a vos 2265
no mal; y es que, desde luego,
os toméis toda mi hacienda,
sin que para mi sustento
ni el de mi hijo —a quien yo
traeré a echar a los pies vuestros— 2270
reserve un maravedí,[65]
sino quedarnos pidiendo
limosna, cuando no haya
otro camino, otro medio,
con que poder sustentarnos. 2275
Y si queréis, desde luego,
poner una ese y un clavo[66]
hoy a los dos y vendernos,
será aquesta cantidad

---

[65] *maravedí*: moneda española de diferentes valores y calificativos. A mediados del siglo XVII un real valía aproximadamente 34 maravedíes.

[66] *una ese y un clavo*: supuestamente, con un hierro candente de marcar. Covarrubias cree que, en realidad, eran «dos letras *S* y *I*, que parece clavo [...] y vale tanto, como *sine iure*; porque el esclavo no es suyo, sino de su señor». Aunque Crespo habla hiperbólicamente, ya que, en la España de los siglos XVI y XVII, uno no podía venderse como esclavo, ni mucho menos vender a su hijo, en la realidad de la época muchos campesinos eran casi siervos de la gleba, esclavos virtuales de sus amos, y podían ser vendidos. En 1552, por ejemplo, el conde de Salinas adquirió el pueblo de Villarrubia de los Ojos por 93.483 ducados. Para llegar a esta cifra tan precisa, se calculó el precio no sólo de las tierras, molinos, puentes, etc., sino de cada uno de sus habitantes. Véase Trevor J. Dadson, «The Assimilation of Spain's *Moriscos*: Fiction or Reality?», *Journal of Levantine Studies*, 1 (2011), pág. 17.

más del dote[67] que os ofrezco.   2280
Restaurad una opinión
que habéis quitado. No creo
que desluzcáis[68] vuestro honor,
porque los merecimientos
que vuestros hijos, señor,   2285
perdieren por ser mis nietos,
ganarán con más ventaja,
señor, con ser hijos vuestros.
En Castilla, el refrán dice
que el caballo —y es lo cierto—   2290
lleva la silla.[69] Mirad
que a vuestros pies os lo ruego   *Híncase*
de rodillas y llorando   [*de rodillas.*
sobre estas canas[70], que el pecho,
viendo nieve y agua, piensa[71]   2295
que se me están derritiendo.
¿Qué os pido? Un honor os pido,
que me quitasteis vos mesmo;
y con ser mío, parece,
según os lo estoy pidiendo   2300
con humildad, que no os pido
lo que es mío, sino vuestro.
Mirad que puedo tomarle[72]
por mis manos, y no quiero,
sino que vos me le deis.   2305

---

[67] *más del dote*: se añadirá esta cantidad a la dote.

[68] *desluzcáis*: la príncipe dice «desluzais».

[69] *lleva la silla*: como explica Covarrubias, porque «la hidalguía se continúa por la línea del varón».

[70] *estas canas*: de la barba.

[71] *piensa*: la príncipe dice «piensan», por error. El sujeto es «pecho».

[72] *puedo tomarle*: Crespo puede recobrar su honor vengándose.

CAPITÁN.   Ya me falta el sufrimiento.
                Viejo cansado y prolijo,   *[redondillas]*
                agradeced que no os doy
                la muerte a mis manos hoy,
                por vos y por vuestro hijo;[73]   2310
                porque quiero que debáis
                no andar con vos más crüel
                a la beldad de Isabel.
                Si vengar solicitáis
                por armas vuestra opinión,   2315
                poco tengo que temer;
                si por justicia ha de ser,
                no tenéis jurisdicción.

CRESPO   ¿Que, en fin, no os mueve mi llanto?

CAPITÁN.   Llantos no se han de creer[74]   2320
                de viejo, niño y mujer.

CRESPO.   ¿Que no pueda dolor tanto
                mereceros[75] un consuelo?

CAPITÁN.   ¿Qué más consuelo queréis,
                pues con la vida volvéis?   2325

CRESPO.   Mirad que, echado en el suelo,
                mi honor a voces os pido.

CAPITÁN.   ¡Qué enfado!

CRESPO.   Mirad que soy
                alcalde en Zalamea hoy.

---

[73] *por vos y por vuestro hijo*: por lo que tanto Crespo (que lo ha arresta-
do) como Juan (que lo ha herido) le han hecho.

[74] *Llantos no se han de creer*: Escudero Baztán dice en nota a pie de página que no logró encontrar este refrán en los refraneros españoles. Aparece,
sin embargo, en forma muy parecida en el capítulo XV de *La vuelta de Martín
Fierro* (1879), de José Hernández: «no olvidés —me decía— Fierro, / que
el hombre no debe creer / en lágrimas de mujer / ni en la renguera del perro»
(vv. 2381-2384).

[75] *mereceros*: no merezca, en vuestra opinión, consuelo.

CAPITÁN.   Sobre mí no habéis tenido   2330
                 jurisdicción. El consejo
                 de guerra enviará por mí.
CRESPO.   ¿En eso os resolvéis?
CAPITÁN.   Sí,
                 caduco y cansado viejo.
CRESPO.   ¿No hay remedio?
CAPITÁN.   El de callar   2335
                 es el mejor[76] para vos.
CRESPO.   ¿No otro?
CAPITÁN.   No.
CRESPO.   Juro a Dios
                 que me lo habéis de pagar.
                 ¡Hola!

                 Toma la vara.
                 Salen los villanos.

ESCRIBANO.   ¿Señor?
CAPITÁN.   [*Aparte.*]   (¿Qué querrán
                 estos villanos hacer?)   2340
ESCRIBANO.   ¿Qué es lo que manda?
CRESPO.   Prender
                 mando al señor capitán.
CAPITÁN.   ¡Buenos son vuestros extremos!
                 Con un hombre como yo,
                 en servicio del rey, no   2345
                 se puede hacer.
CRESPO.   Probaremos.
                 De aquí, si no es preso o muerto,

---

[76] *es el mejor*: la príncipe dice «es mejor», que es verso amétrico.

no saldréis.

CAPITÁN.   Yo os apercibo
que soy un capitán vivo.

CRESPO.   ¿Soy yo acaso alcalde muerto?   2350
Daos al instante a prisión.

CAPITÁN.   No me puedo defender;
fuerza es dejarme prender.
Al rey desta sinrazón
me quejaré.

CRESPO.   Yo también   2355
de esotra; y aun bien que está
cerca de aquí, y nos oirá
a los dos.[77] Dejar es bien
esa espada.

CAPITÁN.   No es razón que...

CRESPO.   ¿Cómo no, si vais preso?   2360

CAPITÁN.   Tratad con respeto...

CRESPO.   Eso
está muy puesto en razón.
Con respeto le llevad
a las casas, en efeto,
del concejo; y con respeto   2365
un par de grillos[78] le echad
y una cadena; y tened
con respeto gran cuidado
que no hable a ningún soldado.

---

[77] *nos oirá / a los dos*: Crespo está mintiendo, pues no esperará a que llegue el rey para ajusticiar al capitán (véase también el v. 2374, en que contradice lo que acaba de decir).

[78] *grillos*: según Covarrubias, «son las prisiones que echan a los pies de los encarcelados ... y son dos anillos, por los cuales pasa una barreta de hierro ... Llamáronse grillos por el sonido que hacen cuando se anda con ellos».

Y a esos dos[79] también poned   2370
en la cárcel, que es razón;
y aparte, porque después,
con respeto, a todos tres
les tomen la confesión.
Y aquí, para entre los dos,   2375
si hallo harto paño,[80] en efeto,
con muchísimo respeto,
os he de ahorcar, juro a Dios.

Llévanle preso.

CAPITÁN.   ¡Ah, villanos con poder!   *Vanse.*

Salen[81] REBOLLEDO, [*la*] CHISPA
y el ESCRIBANO.

ESCRIBANO.   Este paje, este soldado   2380
              son a los que mi cuidado
              sólo ha podido prender,
              que otro se puso en hüida.
CRESPO.   Este el pícaro es que canta;

---

[79] *a esos dos*: la príncipe dice «a todos», por error, como se comprueba en el v. 2373. Esos dos son el sargento y Rebolledo, pero como el sargento ha huido, el escribano sólo podrá arrestar a Rebolledo.

[80] *harto paño*: motivos suficientes, y también, soga para ahorcar.

[81] *Salen*: la príncipe incluye a Pedro Crespo en esta acotación. Es posible, pues, que aquí comience un cuadro nuevo, para indicar que hay un lapso de tiempo entre el arresto del capitán y el de Rebolledo y la Chispa (el paje del v. 2380). Rebolledo y el sargento salieron de escena con el escribano y los labradores después del v. 2192. Como descubrimos a continuación, el sargento logró huir, pero Rebolledo pudo haberse quedado en Zalamea. No hay, por consiguiente, necesidad de dividir la acción dramática en dos cuadros.

	con un paso de garganta[82]	2385
	no ha de hacer otro en su vida.	

REBOLLEDO. ¿Pues qué delito es, señor,
el cantar?

CRESPO.　　　　　　 Que es virtud siento,
y tanto, que un instrumento[83]
tengo en que cantéis mejor.　　　　　　2390
Resolveos a decir...

REBOLLEDO. ¿Qué?

CRESPO.　　　　　 ... cuanto anoche pasó...

REBOLLEDO. Tu hija mejor que yo
lo sabe.[84]

CRESPO.　　　　　 ... o has de morir.

CHISPA. Rebolledo, determina　　　　　　2395
negarlo punto por punto.
Serás, si niegas, asunto
para una jacarandina
que cantaré.[85]

CRESPO.　　　　　　 A vos después,
¿quién otra os ha de cantar?　　　　　　2400

CHISPA. A mí no me pueden dar
tormento.

CRESPO.　　　　 Sepamos, pues,
¿por qué?

---

[82] *paso de garganta*: modulación de la voz al cantar. Hay un juego de significados aquí, ya que *cantar* significa en germanía «confesar» y las confesiones se extraían por medio de la tortura, que es lo que amenaza Crespo en el v. 2389.

[83] *instrumento*: un instrumento de tortura.

[84] *Tu hija mejor que yo / lo sabe*: esta frase puede interpretarse como maliciosa o como simple producto de la simpleza de Rebolledo.

[85] *jacarandina / que cantaré*: nuevamente puede interpretarse como malicia irónica o simpleza. Ser tema de una jacarandina no debe de ser gran consuelo cuando se le amenaza a uno con la tortura y la horca.

CHISPA.	Esto es cosa asentada,
	y que no hay ley que tal mande.
CRESPO.	¿Qué causa tenéis?
CHISPA.	Bien grande.
CRESPO.	Decid cuál.
CHISPA.	Estoy preñada.
CRESPO.	¿Hay cosa más atrevida?
	Mas la cólera me inquieta.
	¿No sois paje de jineta?
CHISPA.	No, señor, sino de brida.[86]
CRESPO.	Resolveos a decir
	vuestros dichos.
CHISPA.	Sí diremos;
	y aun más de lo que sabemos,
	que peor será morir.
CRESPO.	Eso excusará a los dos
	del tormento.
CHISPA.	Si es así,
	pues para cantar nací,
	he de cantar, vive Dios.
	[*Canta.*]
	Tormento me quieren dar.
REBOLLEDO.	[*Canta.*]
	¿Y qué quieren darme a mí?
CRESPO.	¿Qué hacéis?
CHISPA.	Templar[87] desde aquí,
	pues que vamos a cantar. *Vanse.*

2405

2410

2415

2420

---

[86] *de brida*: hay un juego de significados aquí al referirse Chispa desvergonzadamente al acto sexual y a las dos maneras de montar, «a la jineta», con las piernas recogidas en los estribos, y «de brida», con los estribos largos.

[87] *Templar*: preparar un instrumento (la garganta) para atestiguar contra el capitán.

[CUADRO III]
[*casa de Crespo*]

Sale JUAN.

JUAN.	Desde que al traidor herí	[*redondillas*]

JUAN.   Desde que al traidor herí   [*redondillas*]
en el monte, desde que
riñendo con él —porque   2425
llegaron tantos— volví
la espalda, el monte he corrido,
la espesura he penetrado,
y a mi hermana no he encontrado.
En efeto, me he atrevido   2430
a venirme hasta el lugar
y entrar dentro de mi casa,
donde todo lo que pasa
a mi padre he de contar.
Veré lo que me aconseja   2435
que haga, ¡cielos!, en favor
de mi vida y de mi honor.

Sale[*n*] ISABEL *y* INÉS.

INÉS.   Tanto sentimiento deja;
que vivir tan afligida
no es vivir, matarte es.   2440

ISABEL.   ¿Pues quién te ha dicho, ¡ay Inés!
que no aborrezco la vida?

JUAN.   Diré a mi padre...
          [*Aparte.*]   (¡Ay de mí!
¿No es ésta Isabel? Es llano.
Pues ¿qué espero?)   [*Saca la daga.*]

INÉS.   ¡Primo!

ISABEL.   ¡Hermano!   2445
          ¿Qué intentas?

JUAN.   Vengar así
          la ocasión en que hoy has puesto
          mi vida y mi honor.

ISABEL.   Advierte...

JUAN.   ¡Tengo que darte la muerte,
          viven los cielos!

          Sale[n] CRESPO [*y unos labradores*].

CRESPO.   ¿Qué es esto?   2450

JUAN.   Es satisfacer, señor,
          una injuria, y es vengar
          una ofensa, y castigar...

CRESPO.   Basta, basta; que es error
          que os atreváis a venir...   2455

JUAN.   ¿Qué es lo que mirando estoy?[88]

CRESPO.   ... delante así de mí hoy,
          acabando ahora de herir
          en el monte un capitán.

JUAN.   Señor, si le hice esa ofensa,   2460
          que fue en honrada defensa
          de tu honor...

CRESPO.   ¡Ea, basta, Juan!
          [*A los labradores.*]
          ¡Hola, llevadle también
          preso!

----

[88] *¿Qué es lo que mirando estoy?*: ¿de qué se sorprende Juan? Hay dos posibilidades: se sorprende al ver que su padre protege a su hermana interponiéndose entre ella y la daga, o se sorprende al ver el bastón de alcalde que lleva su padre en la mano.

JUAN.	¿A tu hijo, señor,
	tratas con tanto rigor?

2465

CRESPO.	Y aun a mi padre también
	con tal rigor le tratara.
	[*Aparte*.]
	(Aquesto es asegurar
	su vida, y han de pensar
	que es la justicia más rara
	del mundo.)

2470

JUAN.	Escucha por qué,
	habiendo un traidor herido,
	a mi hermana he pretendido
	matar también.

CRESPO.	Ya lo sé;
	pero no basta sabello
	yo como yo, que ha de ser
	como alcalde, y he de hacer
	información sobre ello.
	Y hasta que conste qué culpa
	te resulta del proceso,
	tengo de tenerte preso.
	Aparte.
	(Yo le hallaré la disculpa.)

2475

2480

JUAN.	Nadie entender solicita
	tu fin, pues, sin honra ya,
	prendes a quien te la da,
	guardando a quien te la quita.

2485

Llevándole preso.

CRESPO.	Isabel, entra a firmar
	esa querella que has dado
	contra aquel que te ha injuriado.

ISABEL.	¿Tú, que quisiste ocultar 2490
	nuestra ofensa, eres agora
	quien más trata publicalla?
	Pues no consigues vengalla,
	consigue el callalla agora.
CRESPO.[89]	Que ya que como quisiera 2495
	me quita esta obligación,
	satisfacer mi opinión
	ha de ser desta manera. *Vase* [ISABEL].
	Inés, pon ahí esa vara;
	que, pues por bien no ha querido[90] 2500
	ver el caso concluido,
	querrá por mal.
DON LOPE.	*Dentro.* Para, para.
CRESPO.	¿Qué es aquesto? ¿Quién, quién hoy
	se apea en mi casa así?
	Pero, ¿quién se ha entrado aquí? 2505

Sale[*n*] DON LOPE [*y soldados*].

DON LOPE.	¡Oh, Pedro Crespo! Yo soy;
	que, volviendo a este lugar
	de la mitad del camino
	—donde me trae, imagino,
	un grandísimo pesar—, 2510
	no era bien ir a apearme
	a otra parte, siendo vos
	tan mi amigo.

---

[89] *CRESPO*: la príncipe atribuye los vv. 2495-2498 a Isabel, por error. La frase, que sólo puede atribuirse a Crespo, significa: «Ya que esta obligación [de ser alcalde] me quita satisfacer mi opinión como quisiera [vengándome], lo he de hacer de esta manera [legalmente]».

[90] *ha querido*: el sujeto de este verbo es el capitán.

CRESPO.   Guárdeos Dios,
que siempre tratáis de honrarme.

DON LOPE.   Vuestro hijo no ha parecido   2515
por allá.

CRESPO.   Presto sabréis
la ocasión. La que tenéis,
señor, de haberos venido,
me haced merced de contar;
que venís mortal, señor.   2520

DON LOPE.   La desvergüenza es mayor
que se puede imaginar.
Es el mayor desatino
que hombre ninguno intentó.
Un soldado me alcanzó   2525
y me dijo en el camino...
Que estoy perdido, os confieso,
de cólera.

CRESPO.   Proseguí.

DON LOPE.   Que un alcaldillo de aquí
al capitán tiene preso.   2530
Y, ¡voto a Dios!, no he sentido
en toda aquesta jornada
esta pierna excomulgada
si no es hoy, que me ha impedido
el haber antes llegado   2535
donde el castigo le dé.
¡Voto a Jesucristo, que
al grande desvergonzado
a palos le he de matar!

CRESPO.   Pues habéis venido en balde,   2540
porque pienso que el alcalde
no se los dejará dar.

DON LOPE.   Pues dárselos sin que deje
              dárselos.[91]

CRESPO.   Malo lo veo;
              ni que haya en el mundo creo   2545
              quien tan mal os aconseje.
              ¿Sabéis por qué le prendió?

DON LOPE.   No; mas sea lo que fuere,
              justicia la parte espere
              de mí; que también sé yo   2550
              degollar, si es necesario.

CRESPO.   Vos no debéis de alcanzar,
              señor, lo que en un lugar
              es un alcalde ordinario.[92]

DON LOPE.   ¿Será más de un villanote?   2555

CRESPO.   Un villanote será
              que, si cabezudo da
              en que ha de darle garrote,
              par Dios, se salga con ello.

DON LOPE.   No se saldrá tal, par[93] Dios;   2560
              y si por ventura vos,
              si sale o no, queréis vello,
              decidme do vive o no...

CRESPO.   Bien cerca vive de aquí.

DON LOPE.   Pues a decirme vení   2565
              quién es el alcalde.

CRESPO.   Yo.

DON LOPE.   ¡Voto a Dios, que lo sospecho...!

CRESPO.   ¡Voto a Dios, como os lo he dicho!

---

[91] *dárselos*: pues se los daré aunque no se los deje dar.

[92] *alcalde ordinario*: «vecino de un pueblo que ejercía en él jurisdicción ordinaria» (*DRAE*).

[93] *par*: omitido en la príncipe, pero necesario no sólo para la correcta medida del verso, sino por el paralelismo con las palabras de Crespo.

DON LOPE.	Pues, Crespo, lo dicho, dicho.	
CRESPO.	Pues, señor, lo hecho, hecho.	2570
DON LOPE.	Yo por el preso he venido,	
	y a castigar este exceso.	
CRESPO.	Yo acá le tengo preso	
	por lo que acá ha sucedido.	
DON LOPE.	¿Vos sabéis que a servir pasa	2575
	al rey, y soy su juez yo?	
CRESPO.	¿Vos sabéis que me robó	
	a mi hija de mi casa?	
DON LOPE.	¿Vos sabéis que mi valor[94]	
	dueño desta causa ha sido?	2580
CRESPO.	¿Vos sabéis cómo, atrevido,	
	robó en un monte mi honor?	
DON LOPE.	¿Vos sabéis cuánto os prefiere[95]	
	el cargo que he gobernado?	
CRESPO.	¿Vos sabéis que le he rogado	2585
	con la paz, y no la quiere?	
DON LOPE.	Que os entráis, no es bien se arguya,[96]	
	en otra jurisdicción.	
CRESPO.	Él se me entró en mi opinión,	
	sin ser jurisdicción suya.	2590
DON LOPE.	Yo os sabré satisfacer	
	obligándome a la paga.	
CRESPO.	Jamás pedí a nadie que haga	
	lo que yo me pueda hacer.	
DON LOPE.	Yo me he de llevar el preso.	2595
	Ya estoy en ello empeñado.	

---

[94] *valor*: por su valía, o calidad social, él debe ser juez de esta causa.

[95] *prefiere*: tener jurisdicción. El general del ejército tiene jurisdicción legal sobre sus oficiales, con preferencia sobre la del alcalde ordinario.

[96] *no es bien se arguya*: sin duda.

CRESPO.   Yo por acá he sustanciado[97]
                 el proceso.

DON LOPE.   ¿Qué es proceso?

CRESPO.   Unos pliegos de papel
                 que voy juntando, en razón   2600
                 de hacer la averiguación
                 de la causa.

DON LOPE.   Iré por él
                 a la cárcel.

CRESPO.   No embarazo
                 que vais; sólo se repare
                 que hay orden que, al que llegare,   2605
                 le den un arcabuzazo.[98]

DON LOPE.   Como a esas balas estoy
                 enseñado yo a esperar...
                 Mas no se ha de aventurar
                 nada en la acción de hoy.   2610
                 —¡Hola, soldado! Id volando,
                 y a todas las compañías
                 que alojadas estos días
                 han estado y van marchando,
                 decid que bien ordenadas   2615
                 lleguen aquí en escuadrones,
                 con balas en los cañones
                 y con las cuerdas caladas.[99]

UN SOLDADO. No fue menester llamar
                 la gente; que habiendo oído   2620

---

[97] *sustanciado*: tramitado, llevado a cabo.

[98] *arcabuzazo*: un disparo de arcabuz, arma de fuego portátil, especie de fusil. Según Covarrubias, también se les llama *mosquetes*, si son reforzados, y *pistoletes*, si son pequeños.

[99] *cuerdas caladas*: con las mechas dispuestas para prender la carga de los cañones.

	aquesto que ha sucedido,
	se han entrado en el lugar.
DON LOPE.	Pues, ¡voto a Dios!, que he de ver
	si me dan el preso o no.
CRESPO.	Pues, ¡voto a Dios!, que antes yo
	haré lo que se ha de hacer.[100] [*Éntranse.*]

2625

[CUADRO IV]
[*cárcel de Zalamea*]

Tocan cajas y dicen dentro.

DON LOPE.	Ésta es la cárcel, soldados, [*romance*]
	adonde está el capitán.
	Si no os le dan, al momento
	poned fuego y la abrasad;
	y si se pone en defensa
	el lugar, todo el lugar.[101]
ESCRIBANO.	Ya, aunque rompan la cárcel,
	no le darán libertad.
SOLDADOS.	¡Mueran aquestos villanos!
CRESPO.	¿Que mueran? Pues qué, ¿no hay más?[102]
DON LOPE.	Socorro les ha venido.
	¡Romped la cárcel; llegad,
	romped la puerta!

2630

2635

---

[100] *haré lo que se ha de hacer*: éste es el momento en que Crespo decide ajusticiar al capitán, lo cual lleva a cabo entre los dos cuadros.

[101] *todo el lugar*: se sobreentiende, «abrasad» todo el lugar.

[102] *¿no hay más?*: la frase es ambigua. Puede significar «¿no hay más de matarlos?», es decir, ¿tan fácil es matarlos?; o, ¿no hay más villanos que nos ayuden?, que explica la siguiente frase de don Lope: «Socorro les ha venido».

[*Salen*[103] CRESPO, *el* ESCRIBANO, *labradores*
y soldados.]
Sale el REY, *todos se descubren,*[104]
y DON LOPE.

REY.   ¿Qué es esto?
                    Pues, ¿desta manera[105] estáis,   2640
                    viniendo yo?
DON LOPE.   Ésta es, señor,
                    la mayor temeridad
                    de un villano que vio el mundo;
                    y, ¡vive Dios!, que a no entrar
                    en el lugar tan aprisa,   2645
                    señor, vuestra majestad,
                    que había de hallar luminarias[106]
                    puestas por todo el lugar.
REY.   ¿Qué ha sucedido?
DON LOPE.   Un alcalde
                    ha prendido un capitán;   2650
                    y, viniendo yo por él,
                    no le quieren entregar.
REY.   ¿Quién es el alcalde?

---

[103] *Salen*: falta esta acotación de la príncipe. He supuesto que, como sugieren las palabras del escribano y de Crespo, todo el diálogo anterior (vv. 2527-
2539) sucede fuera de escena.
[104] *se descubren*: se quitan los sombreros en señal de respeto al rey. Sólo
los grandes de España podían permanecer con la cabeza cubierta en presencia
del rey.
[105] *desta manera*: con las espadas desnudas, lo cual es una ofensa en presencia del rey.
[106] *luminarias*: llamas. Quizás sea macabra ironía por parte de don Lope,
ya que, según Covarrubias, las luminarias son «las luces que se ponen en las
torres y sobre las murallas y en las galerías de las casas y ventanas, en señal
de fiesta y regocijo público».

CRESPO.   Yo.

REY.   ¿Y qué disculpa me dais?

CRESPO.   Este proceso,[107] en que bien   2655
            probado el delito está;
            digno de muerte, por ser
            una doncella robar,
            forzarla en un despoblado,
            y no quererse casar   2660
            con ella, habiendo su padre
            rogádole con la paz.

DON LOPE.   Éste es el alcalde, y es
            su padre.

CRESPO.   No importa en tal
            caso, porque si un extraño   2665
            se viniera a querellar,
            ¿no había de hacer justicia?
            Sí; pues ¿qué más se me da
            hacer por mi hija lo mismo
            que hiciera por los demás?   2670
            Fuera de que, como he preso
            un hijo mío, es verdad
            que no escuchara a mi hija,[108]
            pues era la sangre igual.
            Mírese si está bien hecha   2675
            la causa; miren si hay
            quien diga que yo haya hecho
            en ella alguna maldad,
            si he inducido algún testigo,
            si está algo escrito demás   2680

---

[107] *Este proceso*: en este momento, Crespo entrega al rey los papeles del proceso, que el rey lee, como vemos en vv. 2682-2683.

[108] *no escuchara a mi hija*: en caso de que fuera ella culpable.

de lo que he dicho, y entonces
me den muerte.

REY.   Bien está
sustanciado; pero vos
no tenéis autoridad
de ejecutar la sentencia   2685
que toca a otro tribunal.
Allá hay justicia, y así
remitid[109] el preso.

CRESPO.   Mal
podré, señor, remitirle;
porque como por acá   2690
no hay más que sola una audiencia,[110]
cualquier sentencia que hay
la ejecuta ella, y así
ésta ejecutada está.

REY.   ¿Qué decís?

CRESPO.   Si no creéis   2695
que es esto, señor, verdad,
volved los ojos y vedlo.
Aquéste es el capitán.

Aparece[111] dado garrote, en una
silla, el CAPITÁN.

REY.   Pues ¿cómo así os atrevisteis...?

CRESPO.   Vos habéis dicho que está   2700

---

[109] *remitid*: según Covarrubias, «remitir la causa, dejarla a otros jueces».

[110] *audiencia*: tribunal de justicia donde se oyen las causas.

[111] *Aparece*: aquí se descorre la cortina al fondo del tablado, lo cual puede hacer el mismo Crespo o una mano invisible desde dentro. El *garrote vil*
era un método de ejecución que consistía en sentar al reo en un taburete o una
silla y estrangularlo con una soga o un aro de hierro.

bien dada aquesta sentencia,
luego esto no está hecho mal.

REY.   ¿El consejo no supiera
          la sentencia ejecutar?

CRESPO.   Toda la justicia vuestra   2705
          es sólo un cuerpo no más;
          si éste tiene muchas manos,
          decid, ¿qué más se me da
          matar con aquésta un hombre
          que estotra había de matar?   2710
          Y ¿qué importa errar lo menos
          quien acertó lo de más?

REY.   Pues ya que aquesto sea así,
          ¿por qué, como a capitán
          y caballero, no hicisteis   2715
          degollarle?

CRESPO.   ¿Eso dudáis?
          Señor, como los hidalgos
          viven tan bien por acá,
          el verdugo que tenemos
          no ha aprendido a degollar.[112]   2720
          Y ésa es querella del muerto,
          que toca a su autoridad,
          y hasta que él mismo se queje,
          no les toca a los demás.

REY.   Don Lope, aquesto ya es hecho.   2725
          Bien dada la muerte está;
          que no importa errar lo menos
          quien acertó lo de más.
          Aquí no quede soldado

---

[112] *degollar*: como explica Covarrubias, «en Castilla condenan a degollar al noble».

                ninguno, y haced marchar   2730
                con brevedad, que me importa
                llegar presto a Portugal.
                [*A* CRESPO.]
                Vos, por alcalde perpetuo
                de aquesta villa os quedad.

CRESPO.   Sólo vos a la justicia   2735
                tanto supierais honrar.

                [*Vase el* REY *y su acompañamiento.*]

DON LOPE.   Agradeced al buen tiempo
                que llegó su majestad.
CRESPO.   Par Dios, aunque no llegara,
                no tenía remedio ya.   2740
DON LOPE.   ¿No fuera mejor hablarme,
                dando el preso, y remediar
                el honor de vuestra hija?
CRESPO.   Un convento tiene ya
                elegido y tiene esposo   2745
                que no mira en calidad.
DON LOPE.   Pues, dadme los demás presos.
CRESPO.   Al momento los sacad.

                Salen [REBOLLEDO *y la* CHISPA].

DON LOPE.   Vuestro hijo falta, porque
                siendo mi soldado ya,   2750
                no ha de quedar preso.
CRESPO.   Quiero
                también, señor, castigar
                el desacato que tuvo
                de herir a su capitán;

	que, aunque es verdad que su honor	2755
	a esto le pudo obligar,
	de otra manera pudiera.
DON LOPE.	Pedro Crespo, bien está.
	Llamadle.
CRESPO.	Ya él está aquí.

Sale JUAN.

JUAN.	Las plantas, señor, me dad;	2760
	que a ser vuestro esclavo iré.
REBOLLEDO.	Yo no pienso ya cantar
	en mi vida.
CHISPA.	Pues yo sí,
	cuantas veces a mirar
	llegue el pasado instrumento.	2765
CRESPO.	Con que fin el autor da
	a esta historia verdadera;
	los defetos perdonad.